La course aux maris

J'AI LU

Barbara Cartland est une romancière anglaise dont la réputation n'est plus à faire.

Ses romans variés et passionnants mêlent avec bonheur aventures et amour.

Vous retrouverez tous les titres disponibles dans le catalogue que vous remettra gratuitement votre libraire.

Barbara Cartland

La course aux maris

Traduit de l'anglais
par Lydia H. Caldas et Michelle Goutet

Éditions J'ai lu

Titre original :

THE HUSBAND HUNTERS

Initialement publié aux Éditions de Trévise
sous le titre :

LA CHASSE AUX MARIS

1

– J'ai résolu le problème!

La porte de la salle à manger se referma avec bruit. La voix chantante reprit gaiement :

– J'y ai pensé toute la nuit et je n'en ai pas dormi! Mais maintenant, je sais exactement ce que nous allons faire!

Les deux jeunes filles qui étaient assises à table se retournèrent. Leur regard luisait de curiosité et d'impatience.

– Qu'as-tu donc décidé? Ne nous fais pas languir, Andrina!

Les trois sœurs formaient un trio étonnant. Elles étaient belles, exquises, mais ne se ressemblaient pas. Chacune avait un type bien particulier qui ne s'apparentait à aucun des deux autres.

A première vue, Andrina, l'aînée, semblait avoir moins d'éclat que ses sœurs. Cheryl, la seconde, était, à dix-huit ans et demi, si ravissante qu'elle émerveillait tous ceux qui la voyaient. Le blond vénitien de ses cheveux, le bleu diaphane de ses yeux, la fraîcheur de sa peau claire évoquaient une madone italienne. Elle était svelte, élégante, et sa démarche était d'une grâce incomparable. Sharon, la plus jeune des trois sœurs, ressemblait beaucoup à son père. Ses cheveux noirs contrastaient admirablement avec son teint de magnolia. Des reflets mauves assombrissaient parfois ses yeux bleus.

Le colonel Maldon parlait souvent d'un ancêtre espagnol que l'on trouvait dans l'arbre généalogique de la famille. Peut-être était-il à l'origine des cheveux sombres de la cadette. Quoi qu'il en fût, Sharon était très séduisante et, par surcroît, la plus spirituelle et la plus gaie des trois sœurs.

Tout l'amusait. Sa curiosité était insatiable. Elle rêvait de cette vie sociale tourbillonnante dont se faisaient l'écho les revues féminines, quand ce n'était pas même le *Morning Post*, ce journal plus sérieux, que son père, de son vivant, lisait tous les jours.

Pour être différente de celle de ses sœurs, la beauté d'Andrina n'en était pas moindre. Pourtant la teinte délicate, imprécise, de ses cheveux fins ne lui plaisait guère.

– Ils sont gris souris, disait-elle sur un ton désabusé.

Mais sa mère protestait fermement. Elle vantait cette rare couleur ombrée, en affirmant :

– Chacun recherche une telle douceur après l'éblouissement du soleil.

En harmonie avec ses cheveux, les yeux d'Andrina étaient gris. Les variations de la lumière leur donnaient parfois des tons verts et la jeune fille se prenait alors à regretter que la nature n'eût pas été assez généreuse pour lui donner des cheveux roux. L'expression de son visage était plus douce que celle de ses sœurs.

En tant qu'aînée, il lui incombait de veiller aux questions pratiques. Dès la mort de sa mère, cinq ans plus tôt, elle avait pris toute la maison en charge. Elle n'avait pourtant que quinze ans.

Leur père était mort après deux ans de maladie et

pour Cheryl et Sharon, encore très jeunes, Andrina était devenue maîtresse de maison, infirmière et institutrice. Elle s'était surtout fait un devoir de parachever de son mieux l'éducation de ses cadettes.

Certes, il y avait une gouvernante à la maison. Mais ce fut Andrina qui transmit les enseignements de sa mère à ses sœurs. Elle leur apprit ces « bonnes manières » que madame Maldon considérait comme indispensables à toute jeune fille bien élevée et n'eut de cesse qu'elles n'eussent acquis toutes les qualités qu'une mère désire transmettre à ses filles.

Ses sœurs ne lui avaient heureusement pas compliqué la tâche. Elles l'aimaient tendrement. Cheryl avait un caractère facile et acceptait de bonne grâce les conseils de son aînée. Sharon, elle, était plus indépendante et très ambitieuse. Elle était à l'origine de l'idée qui avait empêché Andrina de dormir et l'avait tracassée jusqu'au matin.

– C'est décidé! Je pars pour Londres sans attendre!

– A Londres? s'exclama Sharon. Mais pourquoi? Et pourquoi toi seulement?

– Tu vas le savoir, répondit Andrina en se versant une tasse de café. J'ai passé une nuit blanche en pensant à ce que tu m'avais dit hier soir, Sharon.

– Ce que je t'ai dit, c'est simplement que si les deux demoiselles Gunning ont pu prendre Londres d'assaut, rien ne s'oppose à ce que nous en fassions autant. Et de plus, nous sommes trois!

– Tu as dit aussi, ajouta Cheryl, que tu me trouvais plus belle qu'Elizabeth Gunning et qu'Andrina ressemblait beaucoup à Maria.

– Oui, c'est vrai, admit Sharon, mais...

Andrina les interrompit :

– Et c'est cela qui m'a fait réfléchir. Sans aucun doute, vous êtes toutes les deux très belles, bien plus belles que moi, mais il faut que je vous accompagne pour vous guider, veiller sur vous et vous conseiller.

Elle réfléchit un instant avant de poursuivre :

– Regardons les choses en face. Nous ne pouvons plus vivre dans le luxe, ni même confortablement, avec ce que papa nous a laissé.

– De combien s'agit-il au juste? demanda Sharon.

– Hélas! Moins de deux cents livres par an! dit Andrina. La maison est à nous mais il faut compter les frais d'entretien. Je vois mal comment nous allons pouvoir vivre et nous habiller avec un revenu pareil... Et nous ne pourrons entretenir qu'un seul cheval.

Il y eut un silence... Ses deux sœurs la regardaient avec inquiétude. Alors Andrina ajouta :

– J'ai bien réfléchi et j'ai trouvé la solution.

– Peut-on savoir laquelle, Andrina? demanda Sharon. Explique-toi!

– Je vais aller à Londres voir le duc.

– Le duc? répéta sa sœur avec étonnement. Quel duc? Je ne savais pas que nous en connaissions un!

– Nous ne l'avons jamais rencontré, mais d'après papa c'est un parent très éloigné. Et puis, je suis sa filleule.

– Sa filleule? C'est un drôle de parrain alors! commenta Sharon avec dédain. Il me semble qu'il ne t'a jamais fait un seul cadeau!

– En effet! Il m'a toujours ignorée, et il est grand temps qu'il s'occupe de moi!

– Et de quel duc s'agit-il? s'enquit Cheryl.

– Du duc de Broxbourne, répondit Andrina. Il doit être extrêmement âgé, maintenant. Papa l'aimait beaucoup. Il allait souvent chez lui avec grand-père. Un jour, il m'a raconté combien sa maison était grande et belle.

– Comment est-il devenu ton parrain? demanda Cheryl avec curiosité.

Andrina sourit.

– Je ne sais pas comment, mais j'y vois, à tort ou à raison, le coup de pouce de maman. Tu te souviens à quel point elle tenait à connaître ce qu'elle appelait des « gens bien ». Elle et papa ont fréquenté la haute société, avant que papa se ruine au jeu.

– Comment a-t-il pu être aussi stupide! s'exclama Sharon, indignée.

– C'est justement ce qu'il se demandait lui-même, expliqua Andrina. Par la suite il a fortement regretté d'avoir ainsi jeté sa fortune par la fenêtre. Il en éprouvait beaucoup de remords. Je crois que la vie n'a pas été simple, pour lui. Il lui fut très difficile de renoncer à la compagnie des châtelains et des hobereaux qu'il fréquentait habituellement. Il était si gai et si beau!

– Qu'il ait agi ainsi pendant qu'il était célibataire, soit! dit Sharon. Mais je ne comprends pas que maman n'ait pas pu le raisonner!

– Elle essayait, bien sûr! reprit Andrina. Mais elle était elle-même si jeune et insouciante! Et puis, tu le sais, elle adorait papa et ne pensait qu'à son bonheur.

– Son bonheur, nous en payons les conséquences! dit Sharon amèrement.

– Bien sûr! répliqua Andrina. C'est pour cela que j'ai l'intention d'aller voir le duc pour le prier de nous aider.

– Comment feras-tu pour le convaincre? demanda Cheryl.

– Je ne sais pas encore. Peut-être reconnaîtra-t-il qu'il n'a pas seulement négligé papa, son ami et parent, mais nous aussi. Il n'a jamais fait un geste en notre faveur!

– Papa disait que les riches n'ont que faire des pauvres qui attendent à la porte de leur demeure, déclara Sharon.

– C'est sans doute ce que pense le duc, dit Andrina. Mais j'ai l'intention de lui faire remarquer qu'il peut au moins nous introduire dans la haute société et vous aider, toutes les deux, à trouver un mari.

– Un mari? s'écria Cheryl.

– Naturellement! continua Andrina. Pourquoi donc iriez-vous à Londres, si ce n'est dans ce but?

– Tu as raison! s'exclama Sharon. C'est exactement ce que les sœurs Gunning ont fait : Elizabeth s'est mariée à un duc – deux ducs, plus exactement – et Maria a épousé un comte!

Cette histoire avait toujours enchanté Andrina. Terriblement pauvres, les deux sœurs Gunning étaient venues d'Irlande en 1751, accompagnées de leur mère, pour prendre la société londonienne d'assaut. Leurs déplacements étaient toujours mentionnés dans les chroniques mondaines des journaux. Les aventures de ces deux jeunes filles avaient même été célébrées en vers :

Brillantes éthérées! Paire incomparable.
Réservées, belles, fraîches, adorables!

Un mois à peine après avoir fait sa connaissance, le duc de Hamilton offrait à Elizabeth son nom et son cœur. Leur mariage fut célébré à minuit dans la grande chapelle de Curzon Street.

Cinq jours plus tard, Maria épousait le comte de Coventry. Ils passèrent leur nuit de noces au château de lord Ashburnham, à Charlton, dans le Kent.

Elizabeth était plus que belle : elle était fidèle, dévouée, courageuse et compréhensive. Ces qualités lui furent bien utiles lorsqu'elle découvrit que son mari était un alcoolique invétéré.

Ils eurent deux enfants : un garçon, l'héritier, et une fille. Usé par son intempérance, le duc s'éteignit jeune, à l'âge de trente-trois ans. Elizabeth se sentit très seule et triste, mais elle ne resta pas veuve longtemps. Elle épousa en secondes noces le colonel Yan Campbell, homme aux nobles ambitions et d'un caractère irréprochable. Il devint par la suite le cinquième duc d'Argyll.

Andrina trouvait cette histoire merveilleusement romanesque et se persuadait qu'Elizabeth Gunning ne pouvait pas être plus belle que Cheryl.

– Toi aussi, Sharon, tu dois épouser un duc, dit celle-ci. Quant à moi, je serais effrayée si je devenais duchesse!

– Tu sais, Cheryl, j'aimerais beaucoup te voir devenir duchesse, dit Andrina. Jamais on n'en aurait vu de plus belle, j'en suis sûre! Lorsque tu seras à Londres, tous les jeunes gens que tu rencontreras te demanderont en mariage – excepté, bien sûr, ceux qui offriront leur nom à Sharon!

– Et toi, Andrina? interrogea Cheryl.

– Moi? Je n'aurai même pas le temps d'y penser tant que je ne vous verrai pas mariées. Il faut que cela se fasse très rapidement. Nous avons si peu d'argent, tout juste pour cette saison – une seule saison, pas plus!

– Et comment allons-nous faire, même pour une seule saison? demanda Sharon.

– As-tu oublié le collier de maman? répondit Andrina.

– Le collier de maman? Mais oui, je m'en souviens! s'écria Sharon. Il doit valoir quelques centaines de livres, n'est-ce pas?

– A part les émeraudes, les pierres ne sont pas grosses. Mais maman m'a dit un jour qu'elle pensait pouvoir le vendre cinq cents livres!

– Oh! C'est beaucoup d'argent! s'exclama Cheryl.

– Cette somme fera notre affaire! ajouta Andrina. Maman avait caché ce collier. Elle pensait qu'il pourrait nous être utile un jour, en cas de besoin.

– Je suis surprise que papa n'ait jamais cherché à le vendre, dit Sharon.

– Maman lui avait conseillé de le mettre de côté et, par la suite, il a dû l'oublier, expliqua Andrina. De toute façon, je sais qu'elle l'aurait vendu pour le mariage de l'une d'entre nous et c'est bien pour cela que nous allons le vendre.

– Si nous en obtenons cinq cents livres, chacune de nous disposera de cent soixante-sept livres! calcula Sharon.

– Oui, si nous pouvions nous partager cette somme, répondit Andrina. Mais tout cet argent nous sera nécessaire pour régler le loyer de deux mois à Londres et pour acheter quelques toilettes.

– Les deux sœurs Gunning n'ont eu besoin que d'un mois! s'exclama Sharon.

– Il vous faudra plus que cela, affirma Andrina. Les temps ne sont plus les mêmes. Je crois que les Londoniens sont devenus plus difficiles depuis le temps où les Gunning les faisaient jaser.

– Tu sais, les robes sont plus simples à l'heure actuelle, remarqua Sharon. Mais de plus en plus décolletées et collantes... J'ai lu récemment dans *The Ladies Magazine* que « la mode de Paris suivie par les jeunes femmes du Vauxhall consiste essentiellement en robes de mousseline de soie. Elles laissent entrevoir la naissance de leur poitrine et accentuent le modelé des jambes, attirant le regard ardent des hommes ».

– Sharon! s'exclama Andrina, choquée. Je n'ai jamais rien entendu d'aussi inconvenant! Ni toi ni Cheryl ne porterez de telles robes!

– Pourtant, nous devons être à la mode, Andrina! Selon *La Belle Assemblée*, les dames de Paris et de Londres ont même pris l'habitude – très blâmable, il faut bien le dire – d'humecter leurs robes de mousseline pour être moulées davantage encore de façon à révéler le plus possible les lignes de leur corps.

– Je me demande de quelles dames il est question! interrompit Andrina d'une voix tranchante. J'espère que vous serez plus réservées! Les maris que je vous souhaite n'aimeraient pas voir leur femme s'habiller de façon provocante!

– Nous ferons ce que tu voudras, l'apaisa Cheryl.

Andrina sourit et son regard s'adoucit.

– Merci. Je veux que vous ayez confiance en moi. Je crois savoir ce qui vous convient le mieux. Il est très important de ne pas commettre d'impair et de ne pas nous présenter à Londres sous un mauvais jour.

– Tu as raison, approuva Sharon. Et le plus important est de se faire accepter par l'Almack!

– L'Almack? Qu'est-ce donc? interrogea Cheryl.

Andrina et Cheryl échangèrent un regard étonné.

Malgré son jeune âge, Sharon était beaucoup plus au courant des questions mondaines que ses aînées.

– L'Almack, expliqua-t-elle, est le club le plus élégant et le plus fermé du Tout-Londres!

– Raconte-nous ce que tu en sais, implora Cheryl.

– J'ai lu beaucoup de choses à ce sujet. Le club est dirigé par des personnes de la haute société, telles que lady Jersey, lady Castlereagh, lady Cowper, la princesse de Lieven et bien d'autres encore.

Elle s'interrompit un instant, puis ajouta avec gravité :

– Si on n'arrive pas à être sur la Liste et si on ne reçoit pas d'invitation d'une de ces dames, c'est la catastrophe! On ne peut pas entrer à l'Almack et on est considéré comme exclu de la haute société pour toujours!

– Cela a l'air très snob! souligna Andrina.

– C'est justement ce à quoi ils tiennent, répliqua Sharon avec emphase, en se levant de table. Je monte chercher la revue qui m'a tout appris sur ce sujet, l'année dernière.

Elle partit en courant. Andrina et Cheryl se regardèrent.

Cheryl était très belle dans la lumière du soleil printanier qui caressait ses cheveux, les transformant en or rutilant.

Souriante, Andrina se pencha vers sa sœur :

– Tu ne peux pas rester ici, ma chérie, sans connaître personne et en ne voyant que Hugo Renton.

– Mais j'aime beaucoup Hugo, protesta timidement Cheryl.

– Oui, bien sûr. C'est un garçon très gentil,

convint Andrina. Mais tu sais très bien qu'il ne disposera d'aucun argent du vivant de son père et que celui-ci s'opposera toujours à ce qu'il t'épouse. En outre, Hugo n'a de notoriété qu'à Cheshire. Il y a des quantités de jeunes gens très intéressants qui t'attendent à Londres.

– J'ai peur qu'ils ne m'effraient, objecta Cheryl.

– Ils t'admireront! rétorqua fermement Andrina.

Elle regarda sa jeune sœur avec appréhension. Cheryl se laissait facilement effrayer. Andrina veillait toujours à rester près d'elle lors des réunions mondaines. Elle cherchait à la protéger.

Cheryl était extrêmement sensible. Lorsqu'une personne l'abordait de haut, elle se sentait si gênée qu'elle ne songeait plus qu'à prendre la fuite.

– Tu auras du succès à Londres, continua Andrina. Beaucoup de succès, Cheryl! Tu seras la reine de tous les bals; tu seras fêtée et acclamée! Les hommes que tu rencontreras voudront t'offrir leur nom et leur fortune. Ils seront à tes pieds!

Cheryl ne répondit rien, mais elle semblait troublée. Heureusement, Sharon revenait avec son *Ladies Magazine*. Elle reprit sa place et dit :

– Ecoutez bien ceci. C'est de Henry Lutrell.

De la LISTE magique, tout dépend :
Mode, fortune, renom, amis, amants!
C'est elle qui rend heureux ou malheureux
Tous les rangs, tous les âges,
les dames ou les messieurs.
Par l'Almanach ayant été accepté
Comme un roi, agir mal, tu ne peux.
Mais le jour où tu en es banni,
Morbleu! tu es archifini!

La lecture terminée les laissa silencieuses.

– Et si nous en sommes bannies? émit enfin Cheryl dans un filet de voix.

– Nous ne le serons pas! affirma Andrina avec force. Si le duc de Broxbourne ne peut pas nous faire entrer à l'Almack, qui le peut?

– Prions pour que tu voies juste, Andrina, dit Sharon. Mais comme je l'ai déjà dit, il faut être parrainée par une de ces dames. De toute façon, avec ou sans l'aide du duc, il nous faudra un chaperon.

– J'y ai déjà pensé, répondit Andrina. Cela aussi, le duc devra nous le procurer.

– Tu crois qu'il faudra rémunérer le chaperon? interrogea Sharon, inquiète.

– Espérons que non. Voilà une chose que j'ai négligée.

– Ne t'en inquiète pas, la rassura Sharon, il y aura bien assez d'argent après la vente du collier. Au fait, où est-il donc caché?

– Il est dans la chambre de maman. Je l'ai regardé hier soir. J'ai toujours su l'endroit où il était caché et je n'ai jamais envisagé de le changer de place. Je ne voulais pas que papa le trouve. Il aurait pu se mettre en tête de le vendre.

Les deux sœurs se regardèrent. Pendant les dernières années de sa vie, leur père était devenu de plus en plus exigeant et irritable. Il acceptait mal la pauvreté qui l'empêchait de vivre dans le luxe auquel il aspirait. C'était un fin gourmet, amateur de denrées fines introuvables dans leur petit village. Et quand bien même il les aurait trouvées à Chester, il n'aurait pas pu les acheter en raison de leur prix exorbitant. Le seul porto qu'il aimait boire était trop coûteux pour leur bourse.

Andrina le réconfortait de son mieux. Elle le

raisonnait et faisait des miracles avec le peu d'argent dont elle disposait pour tenir la maison.

Ni elle ni ses sœurs ne pouvaient se permettre d'acheter de nouvelles robes. Elles se les cousaient elles-mêmes avec des tissus bon marché et les agrémentaient trop rarement de quelques jolis rubans.

Elles ne pouvaient monter qu'à tour de rôle l'unique pensionnaire de l'écurie. Lequel devait également conduire le coupé de leur père et le cabriolet des jeunes filles.

Négligé, le jardin était lamentable. Heureusement, depuis leur enfance, elles avaient la chance d'avoir la vieille Sarah qui prenait en charge la cuisine et les gros travaux de la maison. Elles se partageaient tout le reste.

Andrina avait le sentiment que la grisaille qui les avait enveloppées de son nuage sombre toutes ces dernières années s'éloignait peu à peu.

Pourtant, il lui arrivait encore de se réveiller au milieu de la nuit croyant toujours entendre la voix impérieuse de son père : il l'appelait, réclamait quelque chose qu'elle n'était pas en mesure de lui procurer, ou bien il se plaignait, lui adressait des reproches, l'accusait de le négliger.

Les jeunes filles montèrent l'escalier. Alors qu'elles entraient dans la chambre de leur mère, Sharon s'exclama :

– Quelque chose me préoccupe.

– Peut-on savoir ce que c'est? demanda Andrina.

– Je me demande si, à Londres, les gens ne vont pas être surpris en constatant que nous ne portons pas le deuil. Nos voisins savent parfaitement que nos finances ne nous le permettent pas, mais qu'en pensera-t-on là-bas?

– J'y ai réfléchi, moi aussi, répondit Andrina. Personne à Londres ne sait au juste quand papa est décédé. Si quelqu'un nous le demandait, nous pourrions toujours répondre qu'il est mort depuis un an. D'ailleurs, tu sais bien qu'il aurait été la dernière personne au monde à souhaiter nous voir habillées tels des corbeaux!

– La question n'est pas là! reprit Sharon. Ce qui est certain, c'est que nous ne pourrions pas aller au bal en portant le deuil. Ce serait inimaginable!

– Morale de l'histoire : ils ne doivent pas savoir que nous sommes en deuil, conclut Andrina. C'est très facile. Cheryl, ma chérie, il faut que tu te rappelles ce que je vais te dire : papa est décédé au mois de février de l'année dernière, et pas de cette année.

– Je m'en souviendrai, promit Cheryl.

Mais Andrina savait qu'il faudrait le lui rappeler dix fois, trente-six fois... On ne savait jamais à quoi Cheryl pensait. Elle avait l'air si tranquille, si douce, si raisonnable. Elle vivait dans un monde de rêves bien à elle, qui ne semblait avoir aucun rapport avec la vie de tous les jours. Elle était si ravissante qu'on s'étonnait qu'elle ne prît part à aucune conversation et que lorsque, par hasard, elle parlait, elle ne dît jamais rien d'intéressant. Parfois, elle ressemblait à un ange tombé du ciel et complètement égaré sur la terre.

Andrina prit une chaise et la plaça à côté de l'armoire. Elle s'y jucha et palpa le dessus du meuble.

– C'est là que maman cachait son collier? s'exclama Sharon, étonnée.

– C'est un endroit très sûr. Pendant les dernières années de sa vie, papa était trop malade pour pouvoir monter sur une chaise, et Sarah est trop vieille pour dépoussiérer à cette hauteur.

Tandis qu'elle parlait, elle avait saisi un coffret de cuir. Elle s'approcha de la fenêtre et l'ouvrit. Les rayons du soleil faisaient chatoyer le collier. C'était un bijou d'origine indienne. L'or était finement travaillé en filigrane. Dans ses fils entrelacés, des petits rubis et des perles s'encastraient, l'ornant d'une sorte de frange colorée. Au centre, brillaient trois belles émeraudes.

– C'est très joli, mais un peu exotique! s'exclama Sharon.

– C'est pour cette raison que maman ne l'a jamais porté. Lorsqu'il servit sous le commandement du général Wellesley, le futur duc de Wellington, papa le rapporta des Indes. (Andrina souriait en contemplant le collier.) C'était tout à fait le genre de papa de nous rapporter de ses voyages des choses parfaitement superflues. Maman m'a dit, une fois, qu'elle avait essayé le collier avec toutes ses toilettes, mais qu'il n'allait avec aucune. Elle ne l'a jamais dit à papa, bien sûr, pour ne pas le blesser.

– Il aimait les choses exotiques, dit Sharon, une nuance de désapprobation dans le ton de sa voix.

– Je pense qu'il aimait les objets originaux et insolites, expliqua Andrina. Il a beaucoup souffert de ne plus avoir d'argent et d'être obligé de mener une vie médiocre.

– Mais enfin, pourquoi Cheshire? demanda Cheryl.

Andrina sourit.

– Tu devrais connaître la réponse, ma chérie; tu l'as entendue bien des fois. Papa avait gagné cette maison en jouant aux cartes et lorsqu'il eut dilapidé sa fortune, c'est tout ce qui lui resta.

– Je l'avais complètement oublié, répondit Cheryl nonchalamment.

– Nous avons été heureuses ici, affirma Andrina comme si elle cherchait à s'en convaincre. Ce n'est qu'après la mort de maman que tout a changé.

– A cause de papa! s'écria Sharon. Je ne peux pas cacher que je suis bien contente que tout cela soit fini.

– Moi aussi, ajouta Andrina. Mais je me sens plutôt coupable. Il me semble que nous devrions pleurer la mort de notre père et nous sentir tristes.

– A quoi bon être hypocrites? dit Sharon vivement.

Andrina ferma le coffret.

– Alors, êtes-vous d'accord pour que j'aille à Londres sur-le-champ, rencontrer le duc et voir ce que je peux en obtenir?

– Bien sûr! approuva Sharon. Mais... si nous t'accompagnions?

– Au départ, j'ai pensé que nous devions y aller ensemble, répondit Andrina. Hélas! Ce serait trop coûteux. Nous ne pouvons pas nous permettre de telles dépenses. Nous devons encore payer les obsèques de papa.

– C'est vrai, soupira Sharon.

– J'ai même pensé faire le voyage à l'extérieur de la diligence, dit Andrina sans trop de conviction. Cela coûterait trois pennies le mile au lieu de cinq. Mais je serais gelée et si j'arrive à Londres avec le nez rouge et en toussotant, je risque fort de ne pas plaire au duc.

– Non! Tu voyageras à l'intérieur de la diligence! s'écria Sharon. Et tu donneras un shilling de pourboire au cocher et quelques pennies au postillon, s'il va jusqu'à Londres.

– Ce voyage nous coûtera très cher, ajouta Andrina. Il se peut que nous soyons obligées de vendre certains objets de la maison, mais je ferai l'impossible pour l'éviter.

– Hugo m'a dit l'autre jour que son père aimerait acheter le tableau avec le cheval qui se trouve dans le bureau de papa, l'interrompit Cheryl.

Surprise, Andrina demanda sévèrement :

– Cheryl! J'espère que tu ne racontes pas à Hugo que nous avons le couteau sous la gorge?

Les grands yeux bleus de Cheryl se remplirent de larmes.

– Après tout, ce que tu peux dire à Hugo n'est pas important, corrigea vivement Andrina, sans laisser à sa sœur le temps de parler. Il doit être au courant de notre situation, comme tout le monde autour de nous. On sait très bien que nous sommes sans le sou.

Elle parlait avec amertume. Elle ne faisait que constater un fait.

– Je me suis mal comportée, n'est-ce pas, Andrina? demanda Cheryl.

– Pas du tout, ma chérie! répondit-elle en passant son bras autour des épaules de sa sœur.

– Tu n'es pas fâchée? murmura Cheryl.

– Je ne me fâche jamais contre toi, tu le sais bien!

Andrina l'embrassa à nouveau, puis, pour changer de sujet, elle proposa :

– Veux-tu m'aider à faire mes valises? Une diligence passe par le village demain; elle va directement de Chester à Londres en vingt-huit heures. Il faudra que je voie le duc aussitôt que possible.

– Comme tu es courageuse! dit Cheryl, admirative. Je suis contente que tu ne veuilles pas que j'aille avec toi.

– Et s'il refuse de nous aider? lança Sharon.

– Dans ce cas-là, je trouverai une autre solution, répondit fermement Andrina.

L'expression de sa bouche, d'habitude si douce, devint dure. Elle était plus déterminée qu'elle ne l'avait jamais été de toute sa vie. Il fallait absolument donner leur chance à Sharon et Cheryl.

Leur beauté devait être appréciée par des gens plus importants que ces hobereaux, chasseurs de renards, et autres vieux camarades de leur père qui venaient à la maison de temps à autre.

Andrina était tout à fait consciente de ce qui se passait : les mères dont les filles étaient en âge de se marier faisaient tout pour exclure les jeunes Maldon des réceptions où elles désiraient voir briller leurs propres filles. Mais Andrina n'en parlait jamais à ses sœurs. Elle avait également remarqué que ces dames n'encourageaient guère leurs fils à rendre visite aux Maldon, et que les jeunes épouses s'accrochaient fébrilement à leur mari lorsque Cheryl et Sharon apparaissaient.

Résultat de cette petite guerre froide, les invitations se faisaient rares. Andrina souffrait beaucoup de cette injustice mais elle savait qu'elle n'y pouvait rien.

Elle espérait seulement que Cheryl ne se rendrait pas compte de l'inquiétude des femmes qui, après l'avoir regardée, cherchaient à esquiver toutes relations amicales avec elle.

Sharon était moins vulnérable, peut-être parce qu'elle était plus jeune.

Pensant enfin à elle-même, Andrina s'aperçut que le temps s'écoulait très vite. Depuis ses dix-huit ans, aucun prétendant convenable ne s'était présenté. Il ne fallait pas qu'il en fût de même pour ses sœurs. Il était urgent d'agir et pour cela, elle devait à tout prix convaincre le duc.

Elle tenterait sa chance comme son père l'avait tentée au jeu. C'était une sorte de pari. Elle n'avait pas le choix et risquerait le tout pour le tout.

En vérité, le duc n'avait aucune raison de se souvenir d'un ami qu'il n'avait pas vu depuis dix-huit ans. Comment pourrait-il s'intéresser à une filleule depuis toujours ignorée? Lui avait-il seulement offert une timbale de baptême? Ou une médaille? On n'en trouvait pas trace dans la maison.

Un jour, la mère d'Andrina lui avait dit : « Quand tu seras grande, ma chérie, il faudra que je trouve quelqu'un pour t'accompagner à Londres. Ce serait merveilleux si tu épousais un homme riche et de grande réputation! Après, tu pourrais trouver des maris convenables pour tes sœurs. Je crois que Cheryl sera une très jolie fille. »

« Cela ne fait aucun doute », avait répondu Andrina.

A treize ans, Cheryl n'était pas moins ravissante que dans sa petite enfance. Les petites disgrâces habituelles à l'adolescence lui étaient épargnées.

De seize mois plus jeune, Sharon avait, en plus de sa beauté, un très grand pouvoir de séduction. A mesure que ses sœurs grandissaient, Andrina voyait les passants se retourner dans la rue, frappés d'admiration par l'étonnante beauté de Cheryl et l'étincelante vivacité de Sharon. Celle-ci n'était jamais à court d'idées et savait donner à tout ce qu'elle disait une tournure amusante.

Pour elles, il faut que je réussisse, se disait Andrina tout en terminant sa modeste valise. Elle avait choisi la plus petite de la maison pour éviter les frais à l'arrivée et décidé que trois ou quatre tenues légères suffiraient pour un séjour aussi bref. Elle porterait son manteau de voyage lors de ses sorties. Comme les sœurs Gunning, les trois sœurs échangeaient leurs toilettes. Cheryl et Sharon avaient contribué à la cause en mettant leurs vêtements, leurs bas et leurs chapeaux à la disposition d'Andrina, afin qu'elle se présentât aussi bien que possible.

Les vêtements de leur mère étaient toujours à la maison, mais Andrina n'avait jamais pu même envisager l'idée de les porter. Elle ne pouvait penser à sa mère sans être saisie par la tristesse et le chagrin. Depuis sa disparition, le soleil semblait s'être éclipsé de la vie des trois sœurs.

Andrina avait toujours été très attachée à sa mère et souffrait beaucoup de ne plus entendre la voix aimée et d'être privée à tout jamais, le soir, du baiser maternel.

Les trois sœurs avaient hérité d'une caractéristique physique de Mme Maldon. Andrina lui devait son petit nez droit, aristocratique. Cheryl, ses lèvres parfaitement dessinées. Et Sharon, son visage ovale.

Mme Maldon était blonde mais ses cheveux n'avaient jamais eu l'éclat doré de ceux de Cheryl. Andrina pensait que ses parents avaient dû être si beaux lorsqu'ils étaient jeunes qu'on aurait difficilement pu trouver un couple plus harmonieux dans toute l'Angleterre.

Elle savait que son père avait toujours désiré un fils. Néanmoins, il avait été très fier de ses filles jusqu'au moment où la maladie et la douleur l'avaient terrassé.

– Vous êtes mes Trois Grâces, mes chéries, disait-il parfois. Si j'avais à choisir entre vous, je ne sais sur laquelle mon choix se porterait!

– Tu choisirais Cheryl, lui répondit un jour Andrina.

Son père regarda sa seconde fille et reprit :

– Je serais d'accord avec toi si Sharon ne me faisait pas rire. C'est tellement important de pouvoir rire!

Puis, se tournant vers Andrina, il ajouta :

– Mais toi, Andrina, tu es celle qui ressemble le plus à ta mère; tu es la femme idéale, la femme dont tout homme rêve lorsqu'il cherche l'âme sœur.

Ce fut le plus grand compliment qu'il lui eût jamais fait.

Par la suite, pendant sa maladie, il s'irritait souvent, même de ses attentions. Elle avait quelquefois l'impression qu'il lui en voulait parce qu'elle ne lui donnait pas tout ce qu'il désirait.

Mais à quoi bon ressasser tout cela?

Il valait mieux réfléchir à l'avenir de ses sœurs qui n'avaient plus qu'elle au monde.

Sharon et Cheryl l'accompagnèrent jusqu'à la diligence, portant sa valise afin de lui épargner toute fatigue. Il fallait qu'elle arrive à Londres en bonne forme.

Elles attendirent l'arrivée de la diligence à la sortie de Bigger Stukeby. Sharon faisait souvent remarquer que ce village n'était absolument pas plus grand que Little Stukeby, situé à quelques kilomètres.

Il faisait froid et le vent soufflait en rafales. Andrina était contente d'avoir mis une veste de laine sous son manteau de voyage. Les trois sœurs s'étaient longuement concertées sur ce qu'Andrina devait porter pour aller à Londres.

De manière inattendue, Cheryl avait conseillé :

– Il faut que tu te changes en arrivant à Londres et que tu mettes une robe élégante et fraîche pour aller voir le duc. Tu ne dois pas arriver chez lui toute froissée par ton voyage, une valise à la main. Il pourrait penser que tu as l'intention de t'installer chez lui.

– J'y ai pensé, dit Andrina. J'ai le nom de quelques hôtels dont maman parlait de temps à autre.

– Tu ne crois pas qu'ils seront trop chers? demanda Sharon.

– Ils le seront sans doute, répondit Andrina. Mais je demanderai la chambre la plus simple. De toute façon, je trouverai bien quelqu'un capable de me recommander un hôtel correct et dans mes prix. En tout cas, je l'espère bien.

Tout lui avait semblé possible et même facile lorsqu'elle parlait avec ses sœurs, mais dès que la diligence se mit en route Andrina ressentit une grande solitude et la crainte la saisit.

Elle connaissait bien Chester et s'était rendue à Liverpool et à Crewe quelquefois, mais elle n'avait pas quitté les limites du comté depuis son enfance. Londres lui paraissait très, très éloigné.

Trouver des maris pour ses sœurs représentait une aventure où elle risquait de côtoyer le meilleur et le pire.

Lorsque la diligence s'éloigna, abandonnant derrière elle Cheryl et Sharon qui faisaient des signes d'adieu, Andrina décida de rester calme et confiante. Elle ne pouvait se permettre aucun faux pas. Par chance, elle avait trouvé une place à l'intérieur de la diligence. Pourtant, il y avait déjà sept personnes à l'extérieur. Elle était assise en face d'un monsieur d'âge moyen, au visage grisâtre, aux lèvres fines et serrées. Elle se dit qu'il devait être avocat ou clerc de notaire.

A côté d'elle se trouvait une fermière très corpulente, qui prenait plus que sa place. A ses pieds, un énorme panier, couvert d'une serviette blanche, gênait tout le monde. Il y avait aussi une femme accompagnée d'un enfant qui pleurait sans cesse, manifestant bruyamment son déplaisir de se trouver enfermé.

Andrina s'était installée tant bien que mal, avec sa valise dont elle ne voulait pas se séparer, car elle y avait enfermé le précieux collier de sa mère. Elle savait que les voyages en diligence étaient dangereux, particulièrement sur de longs trajets.

On lui avait raconté que la voiture se renversait parfois à cause d'une conduite imprudente ou de l'état d'ivresse du cocher. Les journaux parlaient souvent de chevaux emballés, de voyageurs soudoyant des cochers afin de faire la course avec une autre diligence. Des accidents terribles en résultaient.

Andrina ne voulait pas courir le risque d'être séparée de sa valise. Pourtant, le cocher, vêtu d'un grand pardessus à pèlerine fermé par de gros boutons de nacre, lui avait semblé sérieux et les quatre chevaux qui tiraient la diligence marchaient d'un pas régulier. On entendait souvent des critiques au sujet de la surcharge des voitures et aussi de la cruauté des cochers envers leurs chevaux.

– Sais-tu, avait dit un jour un des compagnons de chasse de son père, que la moyenne de vie d'un cheval tirant une diligence à environ huit miles à l'heure est dè six années, alors qu'à dix miles à l'heure ou plus, il ne vit que trois ans?

– Il faut mettre fin à cette situation, avait répondu nonchalamment le colonel Maldon.

– Il y a fort longtemps que je répète cela, avait repris son ami. Beaucoup de lettres ont été adressées au *Times* et au *Morning Post* à ce sujet. Mais les gens ne sont préoccupés que d'arriver à destination sains et saufs et le plus vite possible.

– Tout ce que je demande personnellement, c'est de ne plus avoir à prendre une diligence.

– Grâce à Dieu, je n'ai jamais employé ce moyen de locomotion! Mais avec les impôts qui augmentent continuellement je serai bientôt obligé de me mêler à la plèbe.

Il avait parlé d'un ton sec et continuait, rageur :

– Te rends-tu compte qu'actuellement l'impôt est de sept livres pour un véhicule privé à deux roues et de vingt et une livres pour un véhicule à quatre roues? Sans compter l'impôt de cinq livres pour un cheval et de neuf livres pour trois chevaux! Et que fait le gouvernement de tout cet argent? Il le gaspille!

– C'est sûr! avait acquiescé le colonel Maldon.

– Ils sont en train de nous taxer au delà de nos possibilités, avait ajouté son ami.

Andrina pensait qu'elle aurait bien aimé voyager dans une voiture privée, comme le faisaient tant de familles de Cheshire. L'homme assis en face d'elle s'était endormi et ronflait, l'enfant pleurait, et la grosse fermière la serrait de plus en plus, déballant et mangeant sans arrêt le contenu inépuisable de son panier. C'était fascinant de voir tout ce qu'elle avait emporté : un gros morceau de pâté de porc, des tranches de jambon, des œufs durs et une quantité incroyable de pâtisseries. Elle avalait tout cela sans rien offrir aux autres.

Vers midi, on fit halte dans une auberge. Andrina était contente de prendre un peu l'air et de se restaurer. L'aubergiste les attendait. Un repas peu appétissant leur fut présenté sans façon. Ils n'étaient pas des clients intéressants. Toutefois, la soupe, malgré son goût douteux, était chaude et réconfortante. Andrina trouva le fromage de pays meilleur que la viande, mal cuite et dure, accompagnée de fades légumes.

A peine avaient-ils eu le temps de déjeuner que déjà il fallait repartir. Dorénavant les voyageurs ne pouvaient plus descendre de voiture, même lors des arrêts qu'imposait le remplacement des chevaux. La prochaine halte serait à Leicester où ils passeraient la nuit.

Andrina ferma les yeux dans l'espoir de s'endormir. Mais les chevaux galopaient et la diligence oscillait sans cesse, car les routes étaient très mauvaises. Et l'enfant ne s'arrêtait pas de pleurer.

Au bout de quelques miles à peine la fermière ouvrait à nouveau son panier. Une forte odeur d'oignon envahit la diligence, mais, de toute évidence, elle, elle se régalait!

Andrina n'arrivait pas à dormir. L'idée de ce qui l'attendait à l'arrivée l'obnubilait. Paraître sûre d'elle devant ses sœurs avait été assez simple. Mais c'était une tout autre affaire d'affronter un duc inconnu. Et le convaincre de la nécessité de mettre au centre de ses préoccupations les trois filles d'un ami perdu de vue depuis si longtemps serait encore plus difficile.

Elle en venait à se demander si Cheryl n'aurait pas dû l'accompagner. A moins d'être aveugle, le duc aurait été touché par la beauté de la jeune fille. Mais Cheryl l'aurait-elle réellement aidée en cette circonstance? Un refus de la part du duc l'aurait tellement blessée qu'elle aurait tout de suite et irrémédiablement capitulé.

Andrina, elle, avait l'intention de résister, de discuter, de supplier jusqu'à obtenir satisfaction. Ses propres sentiments ne devaient pas entrer en ligne de compte. Et tant pis si le duc la trouvait audacieuse, voire insolente. Ce serait un bien faible prix à payer s'il consentait à les aider.

Dans l'après-midi, un orage éclata. La pluie battait contre les fenêtres, masquant le paysage extérieur.

Le crépuscule approchait. Andrina, comme sans doute ses compagnons, pensait au dîner. Habituellement, les passagers des diligences dînaient vers 18 heures, mais il était déjà 19 heures lorsqu'ils entrèrent bruyamment dans la cour d'une auberge, à proximité de Leicester.

Ankylosée, fatiguée, les vêtements froissés, Andrina descendit de voiture, sa valise à la main. Le manque de confort, les cris de l'enfant, l'odeur d'oignon avaient empoisonné l'atmosphère.

Une domestique coiffée d'un bonnet la conduisit au dernier étage de l'auberge où se trouvaient les chambres moins confortables qu'on réservait aux passagers des diligences. En traversant le vestibule et tout en montant l'escalier, Andrina entendit des rires et des bruits de voix en provenance du salon et de la salle à manger.

– Il me semble que vous avez beaucoup de monde, dit-elle à la servante qui marchait devant elle.

– C'est à cause des courses, mademoiselle. L'auberge est complète. Il n'y a plus de place, pas même pour un rat!

Andrina sourit.

– Cela doit vous donner beaucoup de travail!

– Les clients qui viennent pour les courses donnent de bons pourboires. Mais je dois avouer, mademoiselle, qu'à la fin de la journée, quand je me couche, mes pieds ne semblent plus m'appartenir.

– Je m'en doute, compatit Andrina. Vous devriez

mettre de la moutarde dans de l'eau chaude et les y tremper. Cela soulage beaucoup.

– Je n'y avais jamais pensé! Merci beaucoup, mademoiselle! Je me souviendrai de ce que vous venez de me dire.

C'est sans doute à cause de sa gentillesse qu'Andrina obtint une chambre, mansardée certes, mais pour elle seule.

La grosse fermière et la femme avec l'enfant criard se partagèrent une chambre à deux lits. Andrina était bien heureuse de ne se retrouver avec aucune des deux.

Elle quitta ses vêtements et les suspendit derrière la porte. Puis, après avoir fait sa toilette, elle mit une robe de velours qu'elle avait l'habitude de porter chez elle. C'était une robe d'une jolie teinte prune, avec une collerette et des poignets en dentelle, au bord des manches courtes et bouffantes. Comme Sharon le lui avait fait remarquer, sa coupe n'était pas à la mode, mais la robe était chaude et lui allait merveilleusement bien. Elle arrangea ses cheveux, puis descendit. Elle avait une telle faim qu'elle se sentait capable de manger un bœuf!

Elle rencontra l'aubergiste dans le hall . Le bruit de la salle à manger, qui avait encore augmenté de volume, parvenait jusque-là.

– Monsieur, je vous prie de me montrer la table réservée aux passagers de la diligence, demanda Andrina.

– Les passagers de la diligence? répéta l'aubergiste. Vous aurez de la chance si vous avez quelque chose à manger avant 10 heures. Toutes les places ont été retenues. Nous ne pourrons vous servir qu'après les personnes qui ont réservé à l'avance.

– C'est incroyable! s'exclama Andrina, que contrariait non seulement la réponse de l'hôtelier, mais aussi sa façon arrogante de parler. Vous savez aussi bien que moi, monsieur, que les auberges doivent fournir les repas aux passagers de la diligence. Les chambres et les repas sont réservés d'avance.

– Je ne peux pas faire l'impossible! Vous aurez votre dîner quand il y aura de la place, pas avant!

– Je trouve cela scandaleux, monsieur! rétorqua Andrina, d'une voix cassante. Mais l'aubergiste s'était éloigné sans attendre ses observations.

– Que trouvez-vous scandaleux, mademoiselle? dit alors une voix distinguée.

Andrina se retourna pour se trouver face à un homme d'une trentaine d'années, haut de taille et large d'épaules. Sans s'en apercevoir, elle lui avait barré le chemin.

Furieuse, ses yeux brillant comme des escarboucles, elle lui dit la vérité.

– Ce que je trouve scandaleux, monsieur, c'est que les passagers de la diligence ne seront servis qu'à 10 heures, si ce n'est plus tard! Nous avons voyagé toute la journée et nous sommes affamés!

Un éclat de rire venant de la salle à manger faillit étouffer ses derniers mots.

L'homme avec qui elle parlait jeta un regard vers la porte vitrée avant de lui dire :

– Il faut comprendre l'embarras de l'aubergiste, mademoiselle. Il est débordé par trop de clients. Etes-vous seule?

– Si je voyage seule? Oui, monsieur!

– Alors, puis-je vous inviter à dîner avec moi, mademoiselle, au lieu d'attendre jusqu'à 10 heures?

D'abord surprise, Andrina se ressaisit. Ses lèvres

s'ouvrirent, prêtes à refuser l'invitation, mais son interlocuteur s'empressa de la rassurer.

– Cela va peut-être à l'encontre des conventions sociales, mademoiselle, mais je crois qu'il serait quand même plus agréable pour vous de dîner maintenant. Plus tard vous n'auriez plus grand chose à manger.

Il parlait d'une façon légèrement moqueuse qu'Andrina trouva amusante. A bien le regarder on s'apercevait tout de suite qu'on avait affaire à une personne bien élevée. La coupe de son costume était parfaite. Sa cravate blanche impeccable. Apparemment, il s'était changé pour dîner. Andrina jugea, de plus, qu'il avait une forte personnalité et comme elle avait très faim, elle décida d'accepter.

– Vous êtes bien aimable, monsieur. Je serai vraiment heureuse d'accepter votre invitation, si cela n'est pas indiscret.

– Au contraire, mademoiselle, vous me ferez une faveur. J'étais avec un ami, mais il a décidé de rentrer à Londres à la fin des courses. Voulez-vous m'accompagner dans mon petit salon privé?

Et tandis que, sur ses indications, Andrina le précédait, il se retourna pour dire quelques mots à l'aubergiste.

– La sonnerie ne marche pas, il me semble! J'ai sonné longtemps pour le vin que j'ai commandé, mais personne n'est venu. Apportez-moi deux bouteilles, s'il vous plaît, et le dîner pour deux personnes.

– Très bien, monsieur, dit l'hôtelier sur un ton fort différent de celui qu'il avait employé en s'adressant à Andrina.

Dans le petit salon brûlait un grand feu de bois. Les lumières étaient plus brillantes que dans le hall. Tout en se réchauffant près de la cheminée,

Andrina considérait son compagnon et remarquait combien sa tournure était élégante.

Peut-être n'était-il pas vraiment beau : le nez aquilin, aristocratique; les yeux noirs, malicieux; les lèvres sensibles, à l'expression facilement ironique; tout cela lui donnait une physionomie qui ne passait pas inaperçue.

– Nous devons nous présenter, n'est-ce pas, mademoiselle?

Andrina eut un moment d'hésitation. Etait-il sage de dire son nom?

– Mlle Morgan, répondit-elle en s'inclinant.

– Tancred Wensley, dit-il en lui rendant la pareille.

Andrina trouva que son hôte affichait un air presque hautain.

– Vous voyagez vraiment seule, mademoiselle Morgan?

Pour la première fois depuis leur rencontre, Andrina se sentit gênée.

– Malheureusement, personne ne pouvait m'accompagner, monsieur.

– Alors, c'est l'occasion pour moi de vous être utile, mademoiselle. Asseyez-vous, je vous prie. Puis-je vous offrir du madère?

– Volontiers, monsieur, mais une larme seulement, s'il vous plaît. Mon père disait toujours qu'il ne faut pas boire avec l'estomac vide.

– C'est une vieille maxime à laquelle je souscris en théorie, mademoiselle, mais que j'oublie facilement!

Il versa du madère pour Andrina et le lui présenta alors qu'elle s'installait près de la cheminée.

Il s'assit de l'autre côté. Elle sentait qu'il l'observait de ses yeux noirs, qu'il la scrutait avec insistance, presque insolemment.

Après un moment, il finit par dire :

– Vous êtes trop séduisante pour voyager seule, mademoiselle Morgan.

– Je vous assure, monsieur, que je me sens bien protégée par mes compagnons de voyage, dit Andrina avec un sourire ironique. Ils ronflent, crient ou mangent sans arrêt...

– Mais en ce moment, mademoiselle, vous n'êtes pas avec eux!

Elle lui lança un coup d'œil rapide, et répliqua :

– Si vous croyez qu'il est imprudent de ma part d'accepter votre invitation, monsieur, je devrais peut-être attendre jusqu'à 10 heures.

– Je ne pensais pas à cela, mademoiselle. Je pensais tout simplement qu'il eût été très désagréable pour vous d'entrer dans une salle à manger pleine de gens de toute sorte plutôt que d'être ici avec moi...

– Je vous remercie de me rassurer, monsieur, dit Andrina assez gênée.

Certes, il avait raison. C'eût été désagréable d'entrer dans une salle pleine de gens, certainement éméchés, ainsi que les cris et les rires de plus en plus forts l'indiquaient. Mais c'eût été contrariant d'aller se coucher sans dîner. Vraiment, elle pouvait être reconnaissante envers son hôte.

Elle se sentait bien un peu coupable à l'égard de ses compagnons de voyage. Mais elle se dit que la grosse fermière n'avait sûrement plus faim. Quant à l'autre femme, pas une fois elle n'avait pris la peine de s'excuser, malgré les pleurs incessants de son enfant.

Toute à ses réflexions, Andrina avait négligé son compagnon. Au moment même où elle en prenait conscience, la porte s'ouvrit et une serveuse coiffée d'un bonnet entra, apportant des assiettes et des plats. Un garçon la suivait avec les verres et le vin.

Andrina avait tellement faim qu'elle ne put empêcher ses yeux de se mettre à briller.

– Voilà notre repas! s'exclama-t-elle comme s'il s'agissait d'un miracle.

– Vous voyez bien, mademoiselle, que vous avez eu raison d'accepter mon invitation. Asseyons-nous à table et dînons. Et permettez-moi de vous dire encore une fois que je vous suis très reconnaissant.

Andrina sourit.

– Ce n'est pas juste, monsieur! C'est moi qui devais vous dire cela, mais vous m'avez devancée.

Il sourit à son tour. Elle se mit à table et il s'assit sur une chaise à grand dossier qui lui convenait particulièrement.

Sans rien perdre de sa distinction, il était très détendu et parlait avec beaucoup de naturel. Andrina le trouvait différent de tous les hommes qu'elle avait connus auparavant. Elle l'observa furtivement pendant qu'il donnait des ordres au garçon. On voyait qu'il était habitué à commander mais il devait être autoritaire, d'un caractère difficile, trop sûr de lui. Peut-être avait-il été officier? Il y avait quelque chose en lui qui rappelait les militaires que le père d'Andrina recevait pendant la guerre. Ils avaient l'air martial et semblaient prêts à régenter tout le monde autour d'eux.

Plus Andrina l'observait, plus elle était sûre de ne pas se tromper. Quelque chose en lui évoquait Wellington.

Andrina avait toujours admiré le héros de Waterloo. Souvent elle demandait à son père de lui raconter comment Wellington commandait ses hommes, car le colonel Maldon avait combattu en Inde sous ses ordres.

« Seul Wellington – ou plutôt Wellesley, comme il s'appelait à cette époque – pouvait gagner la bataille d'Assaye, lui avait répété mille fois son père. Et lui seul pouvait vaincre Napoléon! »

Le colonel Maldon était déjà très malade lorsque la bataille de Waterloo avait mis fin à onze années de guerre. Andrina lui lisait les journaux et quand il entendait tous les exploits du Duc de Fer, le colonel Maldon oubliait quelques instants ses terribles douleurs.

Pour échapper à ses souvenirs, Andrina se concentra sur le dîner.

Le premier plat était une soupe *Mulligatawny*, mets inévitable, tant dans les auberges que dans les dîners à la maison. Après l'avoir goûtée, son hôte prit le moulin à poivre, mais Andrina était trop affamée pour s'attarder à ce détail. Elle finit sa soupe en silence et, levant les yeux, s'aperçut que son compagnon s'était appuyé au dossier de sa chaise, et qu'il la regardait.

– Maintenant, mademoiselle, parlez-moi de vous! Je vous avoue que je suis intrigué, dit-il avec l'ébauche d'un sourire.

2

Andrina n'avait pas du tout l'intention de parler de sa vie privée à un inconnu. Pourtant, elle était sûre que son compagnon aurait pu l'informer efficacement sur le duc. Il faisait évidemment partie, lui aussi, du Tout-Londres. Peut-être même était-il un de ces dandys de la cour, dont Sharon parlait si souvent.

Andrina garda le silence un instant, puis, comme Tancred Wensley semblait attendre une réponse, elle dit :

– Je vais à Londres, monsieur.

– Et que comptez-vous y faire, mademoiselle?

– Chercher un homme, monsieur, répliqua spontanément Andrina.

Occupée à se servir, elle n'avait pas remarqué que son hôte sourcillait et que ses yeux noirs pétillaient de malice.

– Ce ne sera pas difficile pour vous, mademoiselle!

– Non, monsieur, ce sera même très facile!

Elle avait donné la même réponse à Sharon lorsque celle-ci lui avait dit :

– Londres est une très grande ville, Andrina! Comment comptes-tu trouver le duc? Nous ne connaissons pas son adresse.

– Ce ne sera pas compliqué. Il n'y a pas tellement de ducs. Je trouverai bien quelqu'un pour m'indiquer où il habite.

– Généralement les maisons des aristocrates portent leur nom. Le duc de Richmond habite à Richmond House, le marquis de Londonderry à Londonderry House, et le comte de Derby à Derby House.

– Par conséquent, le duc de Broxbourne doit habiter à Broxbourne House. Je suis sûre que sa maison se trouve dans le quartier de Mayfair.

– Il te faudra louer une voiture quand la diligence t'aura déposée au terminus, à Lud Lane.

– J'en ai bien l'intention. Cela coûtera très cher, mais je risquerais de me perdre si j'employais un autre moyen de transport.

– Probablement. De toute façon, si tu arrives à pied à Broxbourne House, tu risques d'être éconduite par les domestiques et de ne pas voir le duc.

Andrina avait bien pensé à cela lorsqu'elle projetait son voyage. D'après les renseignements que son père lui avait donnés concernant la résidence du duc et son style de vie, elle pouvait s'attendre à devoir affronter une armée de domestiques avant d'être reçue.

Mais ils verraient tout de suite qu'elle était une dame. Elle n'aurait qu'à insister, ils finiraient bien par la laisser entrer chez leur maître.

– Pourquoi avez-vous décidé de vous lancer dans cette... aventure? demanda son hôte.

Il avait fait une petite pause avant d'ajouter le dernier mot. Mais Andrina était décidée à ne plus rien dire de ses projets. Elle ne voulait parler ni de Cheryl ni de Sharon avant d'avoir vu et convaincu le duc de la nécessité de les présenter à la haute société londonienne. Or, il lui était difficile de parler d'elle-même sans mentionner ses sœurs. Aussi changea-t-elle de sujet.

– Ne voulez-vous pas me parler des courses, monsieur? Je connais assez bien les chevaux et j'aimerais connaître les résultats.

Elle connaissait en effet le nom des plus célèbres chevaux de course. La dernière année de sa vie, son père souffrait beaucoup. Andrina et ses sœurs lui lisaient les journaux tous les jours. Le colonel Maldon était bien sûr abonné au *Morning Post* mais aussi au journal des sports, spécialement consacré aux courses et à la boxe. Lorsqu'Andrina lisait à son père les reportages des Mills et la description des blessures subies par les boxeurs, cela la rendait malade. En revanche, elle aimait lire les comptes rendus des courses de chevaux, et écouter son père, lorsqu'il était de bonne humeur, lui raconter des histoires de propriétaires de chevaux. Il en avait connu quelques-uns autrefois.

Elle pouvait donc se permettre de converser sur ce sujet avec son compagnon. Il fut d'ailleurs assez surpris de découvrir ses connaissances.

– Etes-vous propriétaire, monsieur?

– Oui, répondit-il.

Toutefois, il ne mentionna pas le nom de ses chevaux. Peut-être était-il l'un de ces malheureux propriétaires dont les chevaux avaient perdu au turf? Cela pouvait expliquer sa discrétion.

Après le dîner, son hôte lui proposa du porto mais elle n'en désirait pas. Alors, il lui conseilla de quitter la table et de s'approcher du feu de bois.

– Il a fait très froid aux courses aujourd'hui, mademoiselle. Et cette vieille auberge ne semble pas bien protégée des courants d'air.

– Vous n'avez certainement pas vécu comme moi à la campagne, monsieur, dit Andrina, souriante. A la longue, on s'habitue au froid et au mauvais temps au point de les ignorer.

Il faisait très froid, l'hiver, à Manor House. Souvent la neige bloquait les routes. Il fallait les dégager pour aller au village. C'était très long et très pénible.

– Vous n'avez pourtant pas du tout l'air de la robuste paysanne, aimant se promener dans les landes, contre vents et marées, rétorqua son compagnon avec une moue peu convaincue. J'imagine plutôt que vous trouverez facilement à Londres quelqu'un pour s'empresser de vous parer de zibelines et pour orner votre maison de fleurs.

Il avait prononcé cette phrase sur un ton qu'Andrina trouva sarcastique.

Jamais elle n'avait imaginé que le duc la couvrirait de fourrures! Mais elle trouvait tout naturel de se faire offrir des fleurs par les jeunes hommes qu'elle et ses sœurs rencontreraient.

Son interlocuteur n'était-il pas un peu prétentieux? L'air de supériorité qu'il affichait révélait, à coup sûr, la haute idée qu'il avait de lui-même... surtout en comparaison des autres...

Mais peut-être la trouvait-il simplement tout à fait insignifiante?

Andrina aurait souhaité lui faire comprendre qu'elle n'était pas d'origine modeste comme ses vêtements pouvaient le laisser croire.

Nous sommes jugés sur notre apparence, lui avait un jour dit son père, avec amertume. Ou pire encore, sur notre compte en banque!

Andrina découvrait douloureusement à quel point il avait raison. Si elle avait été habillée, avec élégance, M. Wensley se serait empressé de lui adresser toutes sortes de compliments au lieu de la regarder de si haut.

Elle ne s'approcha pas du feu.

– Je vais vous laisser, monsieur. La diligence part très tôt demain matin, à 5 heures précises. Et cette journée a déjà été très longue.

En effet, elle avait pris la diligence à 5 heures et demie le matin même. L'agréable température de la pièce, le dîner copieux et le madère commençaient à produire leur effet. Elle tombait de sommeil.

– Merci infiniment pour cette invitation si spontanée, reprit-elle. Vous êtes extrêmement aimable. J'aurais été littéralement affamée si j'avais dû attendre jusqu'à maintenant pour dîner.

– Mais pourquoi partiriez-vous si tôt, mademoiselle? répondit son hôte en posant son verre de porto sur une petite table à côté du fauteuil. Vous savez que vous êtes très jolie... Si vous êtes à la recherche d'un homme, pourquoi aller plus loin?

Tout en parlant il l'avait entourée de ses bras et attirée contre lui. La surprise paralysa Andrina et il l'embrassa.

Saisie de stupeur, sur le moment, elle ne put réagir. Il l'embrassait avec fougue. Ses lèvres exigeaient une réponse. Stupéfaite, Andrina se trouvait soudain transportée dans un univers inconnu dont elle n'avait jamais soupçonné la véhémence. C'était radicalement différent de l'amoureux, mais chaste baiser, qu'elle avait toujours imaginé.

Elle s'efforça de libérer ses mains afin de s'écarter de lui. Mais elle fut dans le même temps envahie par une sensation qu'elle n'avait jamais ressentie : son corps, son être étaient traversés par une chaleur fulgurante... C'était enivrant. Le brusque éveil de ses sens était presque insoutenable d'intensité et de violence. Mais c'était aussi un ravissement.

Sans chercher à comprendre ce qui lui arrivait, elle essayait de se libérer de cette étreinte. Mais elle n'était pas assez forte. Son compagnon la retenait captive entre ses bras puissants, ses lèvres pressaient les siennes avec insistance, Andrina ne pouvait pas s'échapper...

Il fallait pourtant qu'elle se délivre de son geôlier. Alors, instinctivement, elle écrasa le pied de son séducteur, aussi fort qu'elle le put, du talon de son soulier.

Sous l'effet de la douleur, Tancred Wensley émit un juron et relâcha son étreinte. Andrina se dégagea prestement et traversa la pièce en courant vers la porte.

Son hôte ne la suivit pas. Avant de disparaître dans le couloir elle lui lança d'une voix qu'elle avait voulue froide et cassante mais qui était, au contraire, aussi tendre qu'essoufflée :

– J'avais cru dîner avec un gentleman, monsieur!

Et elle sortit en claquant la porte.

Elle monta en courant l'escalier de chêne qui grinçait sous ses pas et, hors d'haleine, elle arriva dans sa chambre. Elle alluma une bougie, ferma la porte à clef, s'assit sur le lit et, consternée, réalisa ce qui venait de lui arriver.

Elle avait été embrassée! Embrassée pour la première fois de sa vie et par un homme qu'elle venait à peine de rencontrer! Bien sûr, d'autres avant lui avaient tenté leur chance – les fils des châtelains des alentours ou de vieux amis de son père, qui, pour être avancés en âge, n'en étaient pas moins amateurs de jeunes et jolies filles. Un jour mémorable, il y avait même eu un membre du Parlement! Marié et père de quatre enfants! Lorsqu'Andrina avait avec indignation repoussé ses avances, il avait eu l'audace d'affirmer qu'elle ne l'intéressait qu'en sa qualité d'électrice!

La seule caresse qu'elle eût jamais acceptée d'un homme avait été un effleurement de ses joues. Elle s'était juré de ne donner ses lèvres qu'à l'homme qu'elle aimerait.

Andrina n'était pas très sûre de comprendre ce que les gens considéraient comme immoral lorsqu'ils critiquaient le comportement du régent et des membres du Carlton House Set. Mais elle savait que les baisers n'y entraient pas pour rien. Elle estimait humiliant d'être embrassée par un homme qu'on n'aimait pas et qu'on n'épouserait pas.

Et cela venait de lui arriver! Jamais elle n'aurait soupçonné qu'un baiser pût être si intime et troublant... Elle ne pouvait s'empêcher de penser à l'étrange sensation de plaisir mêlé d'angoisse qui l'avait saisie.

Avait-il ressenti la même chose? Comment le savoir!

Ce dont elle était certaine par contre, c'est qu'en cette circonstance, ses sentiments à lui n'avaient aucune importance. Il s'était comporté d'une façon odieuse en invitant à dîner une jeune fille sans chaperon ni défense et en lui manquant de respect.

Andrina regrettait de ne pas avoir eu le temps de lui dire ce qu'elle pensait de son comportement, mais elle avait voulu s'échapper au plus vite, car elle craignait, s'il l'attrapait à nouveau, de ne pouvoir se libérer une seconde fois.

Elle espérait qu'elle lui avait fait vraiment mal lorsqu'elle l'avait frappé de son talon.

Pour se protéger du froid, elle avait mis une robe de velours qui n'était pas décolletée, et enfilé de robustes souliers à talons de bois. Utilisés adroitement, ceux-ci se révélaient fort efficaces comme arme de défense!

J'espère qu'il souffrira toute la nuit! se dit Andrina avec une pointe de rancune.

Puis elle se souvint à nouveau de l'étrange sensation qu'elle avait éprouvée au contact des lèvres de son séducteur. Tout s'était passé si vite que, même à présent, elle avait l'impression de vivre un rêve plutôt que la réalité.

Mais ce n'était nullement une illusion! Il l'avait bel et bien embrassée! Elle ne pourrait plus dire qu'aucun homme ne l'avait embrassée!

En y réfléchissant, Andrina comprit qu'elle avait été insultée, bien plus profondément encore que par ce baiser.

« Si vous êtes à la recherche d'un homme, pourquoi aller plus loin? » avait demandé Tancred Wensley.

Qu'il eût si mal interprété sa réponse naïve indigna Andrina.

Pourtant c'était un fait. Son hôte avait pensé... Mais qu'avait-il pensé, au juste?

Andrina sentit ses joues devenir brûlantes tandis qu'elle envisageait l'informulable réponse à cette question. « Comment a-t-il osé? » s'exclama-t-elle. Elle voulait crier, le frapper! Et elle regrettait de n'avoir eu que son talon pour arme. Si seulement elle avait disposé d'une épée!

Elle tenta de se calmer. Cette affaire, pour être déplaisante, ne valait pas la peine que l'on en fît une tragédie. Elle ne reverrait plus jamais M. Wensley. Il était inutile de lui donner trop d'importance. Le mieux était de l'oublier.

La cause était entendue : il était parfaitement et complètement méprisable! Il n'y avait pas à revenir là-dessus.

Comme on pouvait s'y attendre, M. Wensley ne se montra pas le lendemain matin à 5 heures, lors du départ de la diligence. Le petit déjeuner, mal cuit et insuffisant, avait été servi par un garçon qui tombait de sommeil.

Les chevaux étaient frais et avançaient à bonne allure. Andrina espérait arriver à Londres assez tôt pour pouvoir rencontrer le duc dès son arrivée, sans attendre le lendemain.

Elle pensait trouver sans difficulté une chambre d'hôtel à Londres, tout en sachant que, pour la plupart, les hôtels ne faisaient pas bon accueil aux femmes seules.

Les heures s'écoulaient lentement mais il faisait

beau et les routes, après Leicester, se révélèrent bien meilleures que celles de la veille.

Le cocher, lui aussi, voulait arriver à destination au plus tôt. Il ne laissait souffler ni les chevaux ni les gens; les arrêts étaient aussi brefs que possible. La diligence à peine délestée de ses occupants, il annonçait déjà le départ, pressant les voyageurs de reprendre leurs places. Et « fouette, cocher! », sans même attendre la fermeture de la portière, on repartait.

Il y eut un soupir de soulagement unanime lorsque la femme avec le bébé descendit à Market Harborough. La place fut prise par un homme d'un certain âge, au visage large et rubicond. Visiblement, il avait un peu trop abusé de l'alcool. Il salua ses compagnons avec jovialité, se couvrit les yeux et s'endormit aussitôt. Il ronflait encore plus fort que l'homme qui se trouvait la veille en face d'Andrina.

A 5 heures exactement, et dans un grand fracas de roues, ils entraient dans la cour de l'auberge *Swan With Two Necks,* à Lud Lane, tout près de Gresham Street. La cour était très grande. Ses dimensions étourdirent Andrina. Elle n'avait jamais vu tant de diligences et de chevaux à la fois.

Elle exprima son étonnement à haute voix. Le gros monsieur assis à l'autre extrémité renchérit :

– Ah, oui! On peut dire que William Chapter connaît son métier! Il n'y a pas longtemps, il me disait avoir quelque mille trois cents chevaux sur les routes, et pas moins de soixante voitures!

Dès que ces dernières entraient dans la cour, les voyageurs, fatigués, gelés, les yeux larmoyants, se dirigeaient vers le buffet pour se réchauffer.

Ceux qui devaient repartir finissaient tarte au pigeon et pot-au-feu avant de reprendre place dans les diligences, non sans avoir savouré un dernier brandy.

Andrina se souvint que Cheryl lui avait recommandé de ne pas se présenter au duc en vêtements de voyage. Elle se rendit donc immédiatement à l'auberge et demanda une chambre où elle pourrait se changer.

– Deux shillings, demanda le concierge, laconique.

– Deux shillings? s'exclama Andrina, surprise. Mais je ne la garderai que dix minutes, monsieur!

– C'est deux shillings, répéta le concierge.

Elle comprit que c'était à prendre ou à laisser et qu'il était inutile de discuter.

– Très bien, monsieur, dit-elle, et elle paya.

Le garçon lui montra une chambre minuscule et inconfortable tout au fond de l'auberge. Elle quitta ses vêtements de voyage et, après avoir fait sa toilette, mit la robe élégante que ses sœurs lui avaient choisie pour sa rencontre avec le duc.

Cette robe était un peu démodée mais elle l'avait savamment retouchée. Elle avait enlevé de l'ampleur à la jupe, rehaussé la ceinture et ajusté à l'encolure un volant de dentelle trouvé dans les affaires de sa mère. C'était une robe rose. Cette teinte qui lui allait à merveille accentuait l'éclat de son teint.

Le chapeau, qu'elle avait porté pendant le voyage, avait également appartenu à sa mère. Sharon l'avait littéralement métamorphosé. Elle l'avait garni de beaux rubans, tressés et disposés avec art.

Lorqu'elle eut fini de s'habiller, Andrina se regarda dans la glace et se dit qu'elle avait tout à fait l'air d'une lady. Et qu'elle était aussi jolie, sinon plus jolie, que la majorité des Londoniennes.

Tout au moins l'espérait-elle... Car, maintenant

qu'elle se trouvait dans la métropole, elle se demandait si ce qui semblait beau à Cheshire ne paraîtrait pas bien pâle et insignifiant dans la capitale.

Pourtant, et cela ne faisait aucun doute, Cheryl et Sharon étaient très belles. Elle-même était plutôt jolie, c'eût été idiot de ne pas le reconnaître. Et comment pourrait-elle en persuader le duc si elle n'en était pas convaincue elle-même?

Andrina loua une voiture et demanda au chauffeur de la conduire à Broxbourne House.

– A Curzon Street, mademoiselle? lui demanda-t-il.

– Oui, monsieur, répondit Andrina, espérant ne pas se tromper.

Sharon avait raison, pensa-t-elle, alors que la voiture démarrait. Les grands hôtels particuliers de Londres prenaient le nom de leur propriétaire et, tout naturellement, les chauffeurs connaissaient leur adresse.

Plus la voiture approchait des beaux quartiers, plus Andrina se troublait. Un grand froid intérieur l'envahissait.

Elle voyait de nombreux et imposants hôtels particuliers. Le quartier était agrémenté d'îlots de verdure. Les arbres, déjà en fleurs, devançaient le printemps : les lilas, les cytises, les seringas fleurissaient bien plus vite ici qu'à la campagne.

Malgré son appréhension, Andrina se pencha pour mieux voir la foule qui déambulait dans les rues et les superbes voitures que tiraient des chevaux magnifiques. Il lui parut alors que de nouveaux horizons, très stimulants, se déployaient devant ses yeux.

Londres est merveilleux! se dit-elle, absorbée par sa contemplation. Elle entrevoyait une vieille dame portant un singe habillé d'une veste rouge, et, chose assez surprenante, un troupeau de moutons auxquels les conducteurs de charrettes chargées de tonneaux adressaient des jurons.

Des femmes entourées de paniers proposaient des bouquets de primevères et de narcisses. Un marchand ambulant agitait sa clochette en marchant. En équilibre sur sa tête, un grand plateau était chargé des petits pains qu'il vendait.

Tout cela fascinait Andrina et la distrayait de son angoisse. Elle fut surprise quand elle s'aperçut que la voiture ralentissait, franchissait un grand portail en fer forgé et longeait une courte allée menant à une vaste maison blanche.

Andrina n'eut qu'un bref aperçu des parterres plantés de tulipes rouges et des hautes colonnes blanches d'un portique. Déjà, la voiture s'arrêtait devant la porte. Des laquais en perruques poudrées, vêtus d'un uniforme bleu marine, passepoilé de galons dorés, vinrent ouvrir la portière.

Andrina descendit, mais ne prit pas sa valise ni son manteau et demanda au chauffeur de l'attendre. Elle ne pouvait sans extravagance se présenter chez le duc encombrée de son bagage.

Au seuil de la porte, un homme grave et solennel, sans doute le maître d'hôtel, s'avança vers elle.

– Que désirez-vous, madame?

– Je désire voir le duc de Broxbourne, monsieur.

– Avez-vous un rendez-vous avec M. le duc, madame?

– Non, monsieur, répondit Andrina. Voulez-vous avoir la bonté de dire à votre maître que je suis Andrina Maldon, la fille du colonel Guy Maldon, et que j'arrive ici après une longue journée de voyage?

Elle avait parlé lentement afin que le maître d'hôtel se souvînt de tout et pût l'annoncer.

– Voulez-vous m'accompagner, madame?

Le maître d'hôtel marchait lentement, à l'instar d'un porte-cierge en tête d'une procession. Andrina et lui se trouvaient dans un immense hall de marbre, décoré de statues. Un double escalier, très beau, conduisait au premier étage. Un énorme lustre de cristal était suspendu à la voûte et il y avait une telle quantité de glaces dans des cadres dorés qu'Andrina pouvait se voir de tous les côtés.

Le grand nombre des laquais intimidait Andrina, aussi s'avança-t-elle, la tête haute et le dos bien droit, comme sa mère le lui avait enseigné.

Le maître d'hôtel ouvrit une grande porte en acajou.

– Je vous prie d'attendre ici, madame. Je vais annoncer votre arrivée à M. le duc.

Il ferma la porte derrière lui.

Andrina regarda autour d'elle avec une curiosité avide. La pièce, de dimension moyenne, était meublée de façon exquise. Andrina n'aurait jamais cru trouver tant d'objets rares dans un même endroit. Elle connaissait quelques maisons très cossues à Cheshire, mais rien de comparable à ces commodes françaises, à ce bureau incrusté, à ces chaises à haut dossier, couvertes de tapisserie.

C'était sûrement des chefs-d'œuvre, et les décorations de la pièce, en émaux et porcelaine, paraissaient ne pas avoir de prix.

Papa aurait dû me parler davantage de ce duc, pensa-t-elle.

Elle comprenait à présent combien son père avait dû être ébloui par la maison de campagne du duc, si elle était aussi bien meublée que celle-ci. Il lui avait parlé de la salle à manger aux candélabres d'or et aux porcelaines de Sèvres, des salons magnifiques, du parc, des jardins et des écuries, mais il n'avait jamais décrit le duc lui-même...

Elle savait seulement qu'il devait être très âgé puisqu'il était déjà vieux lorsque son père l'avait connu et qu'il avait consenti à devenir son parrain. Elle espérait qu'il ne serait pas trop sourd et qu'il l'entendrait bien.

Et soudain elle se mit à s'interroger : peut-être était-il absent? Ou cloué au lit par une maladie? Ou complètement sénile? Elle voyait mal alors comment il pourrait lui venir en aide...

Et s'il était et sourd et aveugle! Voilà quelque chose qu'elle n'avait pas envisagé!

S'il était aveugle, il ne serait pas à même d'apprécier la beauté de ses sœurs. Par conséquent, la moitié, sinon la totalité de ce qu'elle avait à dire, deviendrait inutile!

De toute façon, il était trop tard pour reculer. Elle avait fait le premier pas : elle se trouvait non seulement à Londres mais à Broxbourne House. Un grand obstacle était franchi.

L'horloge placée sur la cheminée martelait les secondes avec un son net qui agaçait Andrina. De plus, l'horloge, magnifique, semblait lui dire : « De quel droit es-tu là? Ta présence n'est pas désirée. »

Cinq minutes s'écoulèrent, puis dix, puis quinze... L'horloge, immuable, continuait sa course.

M'aurait-on oubliée? se demanda Andrina.

Le maître d'hôtel était peut-être retourné à son office, sans plus penser à elle? Elle ne savait trop que faire, ni combien de temps attendre avant de rappeler sa présence à un des laquais.

Mais elle se raisonna : le duc n'était pas à sa disposition. Il pouvait avoir une visite, jouer au bridge avec des amis, ou bien se reposer, ou encore se changer pour le dîner.

Impatiente, elle regarda de nouveau l'horloge. Il était 6 heures moins 10. Les gens dînaient très tôt à Cheshire mais Sharon lui avait dit que le Prince-Régent ne dînait qu'à 7 heures ou à 7 heures et demie.

Les minutes s'écoulaient. Andrina commençait sérieusement à se croire oubliée quand la porte s'ouvrit. Le maître d'hôtel annonça d'une voix grave :

– Si vous voulez m'accompagner, madame, M. le duc va vous recevoir.

Andrina se leva et s'obligea à marcher avec calme en suivant le maître d'hôtel à travers le hall.

Ils arrivèrent enfin devant une porte gardée par deux laquais. A l'approche du maître d'hôtel et d'Andrina, ces derniers ouvrirent en même temps les deux battants de la porte en acajou. Le maître d'hôtel annonça d'une voix de stentor :

– Mlle Andrina Maldon, monsieur le duc!

En entrant dans la pièce, Andrina avait le sentiment d'aller à la guillotine, mais en voyant les livres qui tapissaient les murs jusqu'au plafond, elle comprit qu'elle était dans la bibliothèque.

Puis elle aperçut un homme, debout, le dos tourné vers la cheminée.

Elle se dirigea vers lui, et s'arrêta, interdite.

Pendant quelques instants, elle se demanda si elle rêvait, ou si elle avait une hallucination. Ce n'était pas un vieux monsieur qui se trouvait là, mais Tancred Wensley en personne!

Un silence absolu régnait dans la pièce et Andrina constatait que Tancred Wensley était aussi étonné qu'elle.

Trop stupéfaite pour réfléchir, elle interrogea brusquement :

– Mais... que faites-vous ici, monsieur?

– J'allais justement vous demander la même chose, mademoiselle.

Il était encore plus intimidant que lors de leur première rencontre. Cela venait probablement de la tenue de soirée qu'il portait. Son habit de cérémonie, en satin bleu nuit, accentuait la largeur de ses épaules. Sa cravate était nouée avec beaucoup de recherche. Il était très élégant!

La timidité qu'Andrina avait éprouvée au premier moment disparut comme par enchantement et fut remplacée par la colère. Les événements de la veille étaient encore trop présents.

D'ailleurs, ce n'est pas lui qu'elle voulait voir mais le duc! Et rien au monde ne la détournerait de son but.

Malgré son dépit, elle remarqua posément, mais avec fermeté :

– J'ai demandé à voir le duc de Broxbourne, monsieur.

– J'ai bien compris, mademoiselle, répliqua Wensley. Quant à moi, je suis surpris de voir Mlle Morgan avec qui j'ai dîné hier à l'auberge transformée en Mlle Maldon à son arrivée à Londres...

Andrina prit peur à l'idée qu'il pût raconter leur aventure au duc. Comment prouver qu'elle n'avait pas pris les devants? Elle avait tout de même accepté de dîner en tête-à-tête avec un inconnu!

M. Wensley devait être en visite chez le duc. Allait-elle lui demander de laisser ce dernier dans l'ignorance de leur rencontre? Mais une telle demande était humiliante... Et s'il refusait de garder le silence?

Il interrompit les muettes réflexions de la jeune fille en lui demandant :

– Veuillez me dire pourquoi vous êtes ici, mademoiselle.

– Certainement pas, monsieur! répliqua Andrina. J'ai demandé à voir le duc et je vous serais reconnaissante de vous retirer dès qu'il arrivera, afin que je puisse lui parler seule à seul.

– Il s'agit donc d'un secret, mademoiselle?

– Oui, monsieur, c'est personnel, répondit Andrina. Et cela n'aurait d'ailleurs aucun intérêt pour vous!

– Je suis sûr que si. Sachez, mademoiselle, que mon pied est noir et fort endolori!

– Je suis bien aise de l'apprendre, monsieur!

– Vous êtes très habile pour vous sortir des situations difficiles. Peut-être avez-vous beaucoup d'expérience, mademoiselle?

Andrina se redressa, fièrement.

– Je vous interdis, monsieur, de revenir sur cet incident! Si vous désirez rester ici jusqu'à l'arrivée du duc, je vous prie, en attendant, de garder le silence.

Elle parlait avec fermeté, mais sans réussir à prendre un ton cassant. Wensley la regardait avec des yeux pétillants de malice et ses lèvres avaient la même expression moqueuse que la veille.

Il y eut un moment de silence. Il reprit :

– Et si nous arrêtions de nous battre et que vous me disiez la raison de votre visite, mademoiselle? J'aimerais savoir ce que vous voulez de moi.

– Ce que je veux de vous, monsieur? répliqua Andrina. Je n'ai rien...

Soudain, elle s'arrêta. Une pensée terrifiante venait de la saisir.

En voyant la jeune fille écarquiller ses beaux yeux

gris, Wensley, comme pour répondre à sa question silencieuse, affirma :

– Oui, mademoiselle, je suis le duc de Broxbourne.

– Vous, monsieur? Mais comment pouvez-vous l'être? demanda Andrina sans une seconde de réflexion. Le duc est âgé, très âgé...

– Mon père – de qui vous parlez sans doute – est mort depuis trois ans. Un mois avant ses quatre-vingts ans.

Andrina respirait avec difficulté. Désorientée, elle objecta :

– Mais vous m'avez dit que votre nom est Wensley!

– Et c'est vrai! C'est un des noms que j'utilise souvent lorsque je voyage.

Et, de la main, il lui indiqua une chaise, l'invitant à s'asseoir.

– Asseyez-vous, mademoiselle. Vous pourriez peut-être me dire maintenant pourquoi vous désiriez me voir, ou plutôt voir mon père.

– Pourquoi est-il mort? murmura Andrina, démontée.

Il répondit d'un ton moqueur :

– Parce que cela arrive à tout le monde!

– Naturellement! dit-elle impatiente. Mais j'étais tellement sûre qu'il serait ici et que je pourrais lui parler...

– Eh bien, je vous écoute, mademoiselle.

– Oui, mais ce n'est pas la même chose, monsieur, ajouta Andrina laissant transparaître son inquiétude et sa déception.

– Et pourquoi, mademoiselle? s'enquit-il.

– Premièrement, monsieur, parce que vous n'êtes pas mon parrain...

Le duc sourit.

– Ah! Vous êtes une des nombreuses filleules de mon père? Je n'ai jamais compris pourquoi il acceptait si souvent une telle responsabilité. A aucun moment, il n'a aidé à leur éducation. Il n'a doté aucune d'entre elles...

– Je ne m'attendais pas à cela, monsieur, mais je voulais lui demander son appui. J'espérais pouvoir faire appel à sa bienveillance, ou peut-être même à sa conscience!

Le duc rejeta la tête en arrière en éclatant de rire.

– C'est bien la première fois de ma vie que j'entends dire de mon père qu'il avait une conscience! En ce qui concerne son appui, je tiens à vous dire, mademoiselle, qu'il était le plus égoïste des êtres, à l'exception de moi-même.

Anxieuse, Andrina se tordait les mains.

– Ne vous incombe-t-il pas, monsieur, d'accomplir les responsabilités de votre père?

– En principe, non! Mais je veux savoir quelle est sa responsabilité à votre égard, mademoiselle Maldon.

Andrina ne trouvait pas facile d'exposer son cas. Cela lui paraissait même bien plus difficile qu'elle ne l'avait imaginé.

Elle devait tout d'abord oublier le comportement dénué de délicatesse de cet homme. Et comment parvenir à chasser l'indignation, la révolte, la rancœur, qui grondaient en elle?

Elle avait juré de ne plus jamais le revoir et voilà que par une incroyable ironie du sort ils étaient face à face! Et pour comble de malheur, il était la seule personne au monde à pouvoir aider Cheryl et Sharon dans leur quête de maris convenables.

Le duc interrompit de nouveau les pensées d'Andrina :

– Je sais, mademoiselle, que vous êtes en route depuis le petit matin. Vous êtes épuisée et vous avez faim. Permettez-moi de vous offrir une légère collation.

– Non, monsieur, merci! Je n'ai besoin de rien. En revanche, je dois vous dire pourquoi je suis ici. C'est très important. Et cela prime toute autre préoccupation.

– Il est vrai que je ne peux pas deviner de quoi il s'agit.

Il s'appuya sur le dos de sa chaise, se mettant à l'aise, selon son habitude et Andrina le détesta...

Il ne lui facilitait vraiment pas la tâche et cette inertie était décourageante, au point que cette démarche semblait parfaitement absurde et vaine.

Andrina se maîtrisa vaillamment :

– Mon père... le colonel Guy Maldon, était un ami de votre père..., commença-t-elle. Mon père parlait souvent du temps où il retrouvait le vôtre dans sa propriété à la campagne.

Elle s'arrêta. C'était tellement difficile de s'exprimer. Sa bouche était sèche.

– Continuez, mademoiselle, dit le duc, flegmatique.

– Mon père perdit tout son argent au jeu... A cause de cela, lui et ma mère furent contraints de quitter Londres et de s'installer à Cheshire où ils avaient une maison. Ils perdirent alors de vue tous leurs anciens amis...

– Mon père ne leur donnait pas signe de vie, mademoiselle?

– Jamais, monsieur!

– C'est bien lui! Il n'était ni fidèle ni loyal envers ses amis. « Loin des yeux, loin du cœur », voilà comme il agissait avec eux.

– Mon père a toujours parlé du vôtre avec beaucoup d'amitié, dit Andrina. Et maintenant qu'il est mort... j'avais pensé que peut-être... le duc se souviendrait des anciens temps et... puisque je suis sa filleule...

Son interlocuteur la paralysait. Il la regardait fixement.

– Qu'attendiez-vous de mon père, mademoiselle? demanda-t-il, voyant à quel point il lui était difficile de s'exprimer.

– Je voulais lui demander de présenter mes sœurs à la haute société de Londres, répondit Andrina timidement.

Les mots étaient sortis de ses lèvres avec précipitation. Son visage rosissait peu à peu, de son menton à ses grands yeux inquiets.

– Présenter vos sœurs à la haute société? s'exclama le duc sur un ton dubitatif. Mon père ne se serait jamais engagé à faire une chose pareille. Il détestait la haute société! Il n'avait que faire de cela! Et en ce qui concerne les jeunes filles, mademoiselle, je doute fort qu'il ait jamais parlé avec l'une d'elles.

– Qui pourrait nous aider, alors? murmura Andrina. Cheryl est très belle, bien plus belle certainement que toutes les jeunes filles que vous connaissez, et Sharon est aussi très belle, bien que très différente de sa sœur. Elles sont, je vous assure, monsieur, hors du commun, uniques! Bien plus belles qu'Elizabeth et Maria Gunning... Ce n'est pas juste, c'est trop triste qu'elles soient enterrées ainsi à la campagne!

– Bon! Supposons que mon père ait accepté de vous aider dans cette extraordinaire tâche – et cela, je vous l'assure, il ne l'aurait pas fait –, cherchez-vous à me dire, mademoiselle, qu'il devait par surcroît, se charger des frais de ce privilège?

Touchée au vif par le ton moqueur de ces paroles, Andrina sentit la colère monter en elle. Elle fit un coûteux effort pour ne pas laisser libre cours à ses sentiments. Elle devait absolument garder son sang-froid et continuer à lui parler avec bienséance.

Plus acerbe que gracieuse, elle répliqua :

– Certainement pas, monsieur!

Et elle lui désigna le coffret de cuir qu'elle avait retiré de sa valise à l'auberge.

– Qu'est-ce que c'est? demanda-t-il, sans faire un geste pour prendre le coffret.

Andrina se leva, s'avança vers lui et le lui mit entre les mains. Il ouvrit la boîte et découvrit avec étonnement le collier.

– Mon père l'a rapporté des Indes, monsieur, expliqua Andrina. Maman n'a jamais voulu le vendre, même aux pires moments de notre existence. Je suis sûre qu'elle a voulu le garder pour être à même de faire face aux dépenses des mariages de Cheryl et Sharon. Elles ne pourront jamais se marier ni rencontrer des candidats appropriés là où nous sommes actuellement. Il faut qu'elles viennent à Londres!

– Et vous croyez, mademoiselle, que ce collier paiera leurs frais?

– Il vaut au moins cinq cents livres, monsieur! Si elles pouvaient venir pour cette saison, seulement jusqu'à fin juin, elles rencontreraient certainement des prétendants.

– Ah! Je vois que vous avez étudié tout cela avec soin!

– Vous devez comprendre, monsieur, que, pour nous, c'est absolument essentiel.

– Pour nous? demanda-t-il avec ironie. C'est la première fois que vous parlez de vous dans ce projet grandiose! J'avais cru que vous ne pensiez qu'à vos sœurs!

– Il faut que je sois là pour les surveiller... pour les guider... répondit Andrina d'une voix hésitante. Si elles pouvaient se passer de moi, alors... je n'aurais aucune raison de rester à Londres, monsieur!

– Vous aimez vous effacer, mademoiselle Maldon.

Il n'avait pas dit cela de façon flatteuse.

– Comprenez-vous maintenant pourquoi je voulais voir votre père? demanda Andrina d'une voix suppliante. J'avais pensé qu'il s'apercevrait qu'il avait négligé un vieil ami tombé dans l'infortune... et qu'il souhaiterait réparer sa négligence en aidant ses filles...

– Je vous assure, mademoiselle, que mon père ne se serait pas du tout cru obligé de vous venir en aide, ni moralement ni d'une autre façon. Si votre père s'est exclu de la société, la faute en revient à lui seul.

Après un silence, Andrina lui demanda timidement :

– Et vous, monsieur... prendriez-vous en considération ma demande?

– Nullement! Je suis célibataire, mademoiselle Maldon! Je ne suis vraiment pas la personne indiquée pour présenter trois jeunes débutantes – même si elles sont très belles – à la haute société londonienne!

– Ah! J'ai oublié quelque chose...

– Qu'est-ce donc?

– La famille de mon père était liée à la vôtre par une arrière-arrière-grand-mère, monsieur. Mon père considérait le duc comme son cousin.

– Comment s'appelait son arrière-arrière-grand-mère? demanda le duc, riant sous cape.

– Bentinck!

– C'est un nom qui se trouve, en effet, dans notre arbre généalogique, convint le duc.

– Par conséquent, monsieur... vous n'auriez pas affaire à des étrangères!

Andrina savait son insistance importune mais elle voyait ses projets s'écrouler comme un château de cartes. Elle ne pouvait cependant se résoudre, après avoir entrepris ce voyage pénible et dispendieux, après une conversation si laborieuse avec le duc, à abandonner la partie et revenir chez elle les mains vides.

Elle posa son regard sur le duc. Manifestement, malgré tous ses efforts, il n'était ni touché ni intéressé.

Elle n'avait pas réussi! Profondément déçue, elle reprit le collier et se dirigea vers la porte.

– Où allez-vous? s'enquit le duc.

– Chez moi, monsieur!

– Où allez-vous loger ce soir?

– Je trouverai quelque chose, monsieur.

– A cette heure? s'exclama le duc, sévère. Ma chère enfant, vous ne pouvez tout de même pas vous promener toute seule à Londres!

– Monsieur, vous n'avez pas à vous préoccuper de cela, répondit Andrina. Je sais me défendre.

– Comme vous l'avez fait hier soir?

C'était le comble!

– Etait-ce ma faute, monsieur?

– A qui la faute alors? Je vous le demande. Vous voyagez toute seule, sans même une domestique! Vous me dites que vous allez à Londres à la recherche d'un homme!

– Je ne pouvais deviner que vous interpréteriez mal mes paroles...,commença Andrina.

Puis, avec des yeux noirs de colère, elle ajouta :

– Comment avez-vous osé penser ce que vous avez pensé? C'est impardonnable!

– Que pouvais-je penser d'autre?

– Vous auriez dû savoir! Est-ce que je ressemble à... ce genre de femme?

– Pauvre petite innocente, dit-il d'un ton cassant. Une jolie jeune fille, qui ne veut pas avoir d'ennui, ne voyage pas seule et jamais – vous m'entendez bien? – jamais elle n'accepte l'invitation d'un inconnu!

La sévérité de ces paroles fit rougir Andrina. Confuse, elle se reconnut coupable et se dirigea de nouveau vers la porte.

– Vous ne partirez pas d'ici avant de me dire où vous allez passer cette nuit, ordonna-t-il. Vous connaissez quelqu'un à Londres, sans doute?

– C'est la première fois que je viens à Londres, monsieur, répondit Andrina.

Elle voulait s'en aller, se cacher quelque part! Mais elle voyait qu'il ne la laisserait pas s'en aller sans sa permission.

– Votre idée est la plus folle, la plus insensée, la plus naïve qui soit! reprit-il violemment. Comment avez-vous pu penser une chose si ridicule, si incroyablement impossible, si absurde?

– J'ai cru que votre père m'aiderait... dit Andrina, la voix tremblante. Je ne voulais pas loger chez lui. J'ai pensé que nous pourrions louer une maison et qu'il nous trouverait un chaperon.

– C'est insensé et absurde du commencement à la fin! dit le duc avec rage. Un chaperon! Où pensiez-vous que mon père, ou moi, nous pourrions trouver un chaperon, et à cette heure du soir, en plus!

– Je vais aller dans un hôtel, monsieur.

– Pouvez-vous me dire quel hôtel respectable accepterait une jeune fille seule?

– J'en trouverai bien un quelque part, monsieur, murmura Andrina, saisie d'un trac affreux.

Elle commençait à prendre peur. Londres était immense et, même à la campagne, elle avait entendu parler de la dépravation de la capitale.

Elle avait l'air d'une petite fille, très jeune, émouvante, les yeux apeurés. Son visage était encore rose de la colère provoquée par le duc.

Il la regardait pensivement. Andrina, remarquant son expression, se disait qu'il la détestait sans doute autant qu'elle le détestait.

Il sembla prendre une décision, fit quelques pas et tira un cordon de sonnette.

– Venez vous asseoir, commanda-t-il. Je suppose que je dois trouver une solution.

La porte s'ouvrit avant qu'Andrina eût le temps d'obéir.

– Allez chercher M. Robson! dit-il au laquais.

– Oui, monsieur le duc.

Andrina s'assit au bord de sa chaise.

Adossé à la cheminée, le duc ne la regardait plus. Elle comprit qu'il était furieux.

Quelques minutes plus tard, la porte s'ouvrit à nouveau. Un homme d'un certain âge, cheveux gris et visage soucieux, entra dans la pièce.

– Vous m'avez fait appeler, monsieur le duc?

– Oui, Robson. J'ai besoin d'un chaperon pour cette jeune fille!

– Un chaperon, monsieur le duc? demanda-t-il étonné.

– Exactement! C'est ce que j'ai dit!

– Je crains de ne pas vous comprendre, monsieur le duc.

– Alors je vais vous expliquer. Cette jeune personne est Mlle Andrina Maldon, une lointaine, très lointaine, mais néanmoins parente. Son père et le mien étaient amis, si mon père eût jamais un ami.

M. Robson s'inclina. Andrina lui répondit par une révérence.

– Mlle Maldon m'a informé, reprit le duc avec condescendance, qu'elle est, de plus, la filleule de mon père. Pour ces deux raisons, elle considère de mon devoir d'assumer la responsabilité que mon père a si cruellement négligée, sa vie durant, à son égard. Je suis en conséquence dans l'obligation de présenter mesdemoiselles ses sœurs et elle-même à la haute société londonienne.

Andrina laissa échapper une exclamation de surprise. Elle regardait le duc et se demandait si son cœur n'allait pas s'arrêter de battre.

Il avait accepté! Elle avait réussi!

– Vous comprenez bien, Robson, continua le duc, que les demoiselles Maldon doivent avoir un chaperon qui soit une personne bien informée et qui convienne à leur rang.

– Je comprends, monsieur le duc, mais ce ne sera pas facile, répondit M. Robson.

Et il parut encore plus préoccupé qu'auparavant.

– Je suppose que de tels parangons doivent exister.

– Pensiez-vous à votre tante, monsieur le duc? La comtesse de Himley? proposa Robson.

– Une femme odieuse! interrompit le duc. Je ne veux avoir aucune relation avec elle. Je ne comprends pas comment vous pouvez mentionner son nom!

– Pardonnez-moi, monsieur le duc!

Il y eut un silence. M. Robson réfléchissait.

– Que penseriez-vous de lady Evelyn Lindsay, monsieur le duc? Elle est votre cousine et vous vous souvenez certainement que feu son mari a été ambassadeur à Bruxelles. Elle doit vivre difficilement, avec sa pension pour seule ressource. Je suis sûr qu'elle serait heureuse de retrouver la bonne société dans laquelle elle brillait autrefois.

– Ah! Je savais que je pouvais compter sur vous, Robson! Lady Evelyn sera parfaite. Prenez une voiture, allez la chercher immédiatement et ramenez-la ici.

– La ramener ici tout de suite, monsieur le duc?

– Mlle Maldon va rester ici. Par conséquent, il faut qu'elle ait un chaperon.

– Certainement, monsieur le duc. Je pars à l'instant. Lady Evelyn habite du côté nord du parc, à Dorset Square.

– Allez la chercher, Robson, répéta le duc.

Le secrétaire s'inclina et quitta la pièce.

Andrina se leva.

– Je ne sais que vous dire, monsieur? Je n'espérais plus que vous consentiriez. Je vous suis reconnaissante... extrêmement reconnaissante... de tout mon cœur!

– Je veux que vous sachiez ceci, mademoiselle Maldon, dit le duc sèchement, c'est contre tout bon sens, contre mon instinct, contre toutes mes inclinations, que je me laisse entraîner par votre projet fou.

– Mais, c'est bien sûr, n'est-ce pas, monsieur...

vous acceptez? dit Andrina en retenant son souffle.

– Oh! Que Dieu m'aide! Oui, j'accepte! Mais je me mêlerai le moins possible à vos projets insensés.

– Je ferai tout pour ne pas vous importuner, monsieur, promit Andrina timidement.

Son cœur chantait à tue-tête...

3

Andrina croyait rêver!

Depuis la disparition de leur mère, elle s'était tellement habituée à tout résoudre par elle-même et à s'occuper seule de la maison et de ses sœurs qu'elle trouvait extraordinaire d'avoir, brusquement, quelqu'un qui se chargeait de tout faire à sa place.

Dès le soir de son arrivée, Andrina s'aperçut que la vie du duc était réglée comme une horloge. Elle trouva cela très surprenant.

Elle se changeait pour le dîner tandis que deux femmes de chambre rangeaient ses affaires dans l'armoire, lorsque quelqu'un frappa à la porte et entra. C'était une dame âgée, tout en noir, la gouvernante sans doute.

– Mademoiselle, M. Robson vous saurait gré de lui faire connaître votre adresse, afin que le cocher puisse préparer son itinéraire. Il doit partir demain très tôt.

– Demain matin, madame? s'étonna Andrina.

– C'est ce que j'ai compris, mademoiselle, répliqua la gouvernante. Et je dois aller avec lui pour accompagner vos sœurs pendant le trajet de retour.

La gouvernante semblait compétente et digne de confiance. Andrina sourit. Apparemment, le duc voulait protéger ses sœurs en leur évitant un incident analogue au sien!

En repensant à sa rencontre avec le duc, la colère submergea à nouveau Andrina. Qu'il lui manque de respect et qu'il ose ensuite faire la morale à sa victime, c'était vraiment un comble!

Mais la pensée qu'elle allait revoir ses sœurs plus tôt que prévu la remplit de joie.

– Le voyage vous semblera long, je le crains, madame, dit-elle à la gouvernante.

– Monsieur le duc envoie quelqu'un chez lord et lady Drayton pour leur demander si nous pourrons passer la nuit chez eux. Ils ont une maison assez proche de Market Harborough. Nous y serons très bien et cela nous évitera de descendre dans une auberge inconfortable.

Curieuse, Andrina demanda :

– Il paraît que le duc y descend parfois?...

– Je le crois, répondit la gouvernante, après une très nette hésitation. Monsieur le duc n'accepte pas facilement l'hospitalité. Nous devrons partir très tôt, mademoiselle, car lord et lady Drayton sont assez vieux jeu et aiment se coucher de bonne heure.

Cheryl et Sharon ne risquent pas de se trouver dans l'embarras, pensa Andrina.

Elle donna leur adresse à la gouvernante et lui confia un petit mot pour ses sœurs, leur annonçant que tout allait très bien, mieux encore qu'elle ne l'avait espéré, et qu'elle les attendait avec impatience.

Elle s'imaginait aisément la joyeuse agitation que

cette nouvelle provoquerait à Manor House. Andrina regrettait de ne pouvoir apprendre elle-même la nouvelle à ses sœurs, mais elle avait beaucoup de choses à faire à Londres.

Par bonheur elle avait apporté une robe du soir et put s'habiller pour le dîner. Sa future rencontre avec lady Lindsay l'inquiétait. Elle avait compris que le dîner avait été retardé jusqu'à l'arrivée de son chaperon. Que le duc n'eût même pas envisagé l'éventualité que lady Evelyn pût être absente ou avoir d'autres projets la stupéfiait. Ce conquérant s'imaginait visiblement que tout le monde était à sa disposition! Voilà qui lui ressemblait bien!

Elle entra dans le salon et trouva le duc en conversation avec une dame sur laquelle elle jeta un coup d'œil inquiet.

Elle craignait que le chaperon choisi ne fût quelqu'un de prétentieux et de collet monté, du genre de certaines châtelaines de Cheshire que choquait l'exubérance juvénile de ses sœurs, si naturelle pourtant.

Mais son inquiétude se dissipa lorsqu'elle entendit le rire léger et gai de lady Evelyn.

Celle-ci devait approcher de la soixantaine mais son allure svelte et la vivacité de son regard révélaient combien elle aimait la vie. Elle n'était pas belle, mais elle avait beaucoup de chic et Andrina s'aperçut immédiatement que sa robe à elle, en dépit de sa couleur ravissante, laissait beaucoup à désirer...

Elle l'avait copiée sur un modèle du *Ladies Journal,* mais le tissu n'était pas de bonne qualité et on voyait sans peine que cette robe ne sortait pas des mains d'une couturière émérite.

Certes, la robe de lady Evelyn n'était pas neuve; elle était même un peu râpée – comme Andrina put le constater par la suite – mais elle proclamait très haut sa provenance de Paris, la ville magique! Cela se voyait dans chaque couture, dans chaque ruban, dans le jeu raffiné de la jupe!

Andrina, s'avançant, sentait peser sur elle le regard du duc. Gênée, elle baissa les yeux.

– Evelyn, je vous présente Andrina Maldon, dit-il en s'adressant à la dame assise sur le canapé. Figurez-vous qu'elle et ses sœurs ont des liens de famille avec nous par l'arrière-arrière-grand-mère Bentinck. Par conséquent, elles sont non seulement mes cousines mais les vôtres aussi!

Lady Evelyn étendit la main.

– Bienvenue à la famille! Vous êtes bien l'une des plus charmantes de nos multiples acquisitions à travers tant de siècles.

Andrina esquissa une révérence. Lady Evelyn la prit par la main et la fit asseoir à côté d'elle, sur le canapé.

– C'est merveilleux! Il a suffi que vous apparaissiez, vous et vos sœurs, et voilà Tancred transformé en tuteur!

Lady Evelyn fit un clin d'œil au duc et enchaîna à son intention :

– Je me demande ce que nos parents vont dire, particulièrement Louise qui a cinq filles à marier, et que vous n'avez jamais honorée d'un seul bal!

– Un bal, madame? demanda Andrina timidement.

– Bien sûr! répondit lady Evelyn. Quelle meilleure façon qu'un bal pour vous présenter au grand monde? Le dernier bal donné dans cette maison remonte au moins à vingt-cinq ans!

Le dîner, servi dans l'immense salle à manger par une demi-douzaine de serviteurs, fut orchestré par le maître d'hôtel, très cérémonieux. Il se déroula pourtant le plus simplement du monde, contrairement aux appréhensions d'Andrina.

Lady Evelyn bavardait joyeusement sur leurs amis et parents communs, sur l'abdication de Napoléon en 1814 et ce qui était alors arrivé à Bruxelles où le mari de lady Evelyn était ambassadeur, et sur d'autres sujets.

– Pauvre Herbert! s'exclama-t-elle soudain. Dommage qu'il soit mort avant la paix. Nous avions tellement rêvé d'aller à Paris, après Bruxelles! Le destin en a décidé autrement.

Une ombre passa sur son visage, puis, exprimant à nouveau son étonnement, elle reprit :

– Si un ballon était sorti de la cheminée, je n'aurais pas été plus surprise que de voir M. Robson apparaître chez moi pour me dire de venir ici immédiatement!

– Vous pouvez le remercier! dit le duc. C'est lui qui m'a suggéré que vous seriez le chaperon parfait, et que vous me déchargeriez de mes responsabilités à l'égard de ces jeunes filles.

Andrina comprit au ton de sa voix que le duc était encore agacé. Elle espérait que cette mauvaise humeur ne durerait pas.

Sans aucun doute, Cheryl et Sharon trouveraient très vite un mari. Après leur mariage, elles n'auraient plus besoin de l'appui du duc.

Andrina aurait aimé savoir ce que lady Evelyn avait bien pu s'imaginer lorsqu'on lui avait demandé de venir à Broxbourne House si précipitamment. Mais ses pensées furent interrompues par le duc qui disait à sa cousine :

– Excusez-moi, Evelyn. Je dois me rendre tout de suite chez Son Altesse Royale, avec qui je devais dîner, pour lui présenter mes excuses.

Lady Evelyn croisa les mains et s'exclama :

– Quelle horreur, Tancred! Est-ce que nous vous avons empêché d'aller à Carlton House? Le Régent doit être fâché! Il n'aime pas qu'on le fasse attendre.

– J'ai une bonne excuse! Quand je lui dirai qu'il rencontrera bientôt trois nouvelles beautés, il me pardonnera tout de suite, j'en suis sûr.

Il parlait comme s'il se souciait peu de fâcher ou non le Régent, faisant, une fois de plus, montre de son arrogance.

Malgré la reconnaissance qu'elle se sentait obligée d'éprouver, au fond d'elle-même, Andrina le détestait. Cependant, en le regardant s'éloigner, elle devait bien reconnaître qu'on pouvait difficilement trouver homme plus distingué, plus élégant que lui.

Dès qu'il fut sorti du salon, lady Evelyn se tourna vers Andrina.

– Comme vous êtes intelligente, surprenante! s'exclama-t-elle. Comment avez-vous réussi cet exploit? Je meurs de curiosité! Racontez-moi tout! Qu'avez-vous fait?

– Quoi donc, madame?

– Comment avez-vous convaincu le duc de vous recevoir ici toutes les trois? J'en crois à peine mes oreilles.

– Mais pourquoi, madame? demanda Andrina intriguée.

– Pourquoi? répéta lady Evelyn. Parce que le duc de Broxbourne est un des hommes les plus prétentieux que la terre ait jamais porté. Il est exactement comme son père – mon oncle – qui était un monstre d'égoïsme!

Andrina ne dit rien. Lady Evelyn reprit :

– Tout d'abord, j'ai pensé qu'il était amoureux

pour la première fois de sa vie; mais j'ai pu constater que vous lui êtes à charge. Alors pourquoi donc vous garde-t-il ici? Etes-vous en train de lui faire du chantage!

Andrina ne put s'empêcher de rire.

– Absolument pas! En réalité, madame, je suis venue ici pour voir feu le duc, ignorant sa mort. Il avait été un ami de mon père, autrefois.

– C'est ce que Tancred m'a dit. Mais je suis sûre qu'il n'a aucun désir de réparer les erreurs de son père. Elles sont innombrables!

Andrina se permit de dire :

– Il me semble, madame, que vous n'avez pas beaucoup d'estime pour vos parents.

Lady Evelyn rit gaiement.

– C'est un tas de vieux phénomènes gonflés d'orgueil! Voilà pourquoi c'est merveilleux de pouvoir présenter au monde une cousine si jeune et si charmante! Vos sœurs sont-elles aussi ravissantes que vous?

– Elles le sont bien plus! Elles sont vraiment très belles... incroyablement belles! Je vous prie de les aider, lady Evelyn! Elles n'auront pas d'autres occasions de faire la connaissance de jeunes gens convenables et de se marier.

– C'est donc pour cela que vous êtes venue à Londres! Je l'avais deviné!

– Lorsque vous rencontrerez Cheryl et Sharon, vous comprendrez tout! La vie est très monotone à Cheshire, madame, et il n'y a pas là-bas la moindre possibilité de mariage pour elles.

– Vous m'avez chargée d'une tâche qui me plaît beaucoup! dit lady Evelyn en souriant. Nous allons faire du shopping dès demain matin. Vous avez besoin de toilettes neuves et moi aussi! Quant à vos sœurs, personne ne doit les voir avant que nous les ayons habillées comme il faut.

– Sera-t-il possible de faire tout cela rapidement, madame?

– Nous devons nous assurer qu'elles porteront les vêtements les plus modernes dès qu'elles mettront les pieds à Londres. J'ai décidé que le bal aurait lieu à la fin de la semaine. C'est vraiment très rapide, n'est-ce pas?

– Oh! Si vite! s'exclama Andrina.

– Le plus vite sera le mieux! Il est important que vous soyez invitées à toutes les réceptions, à tous les événements de la saison. Dès qu'on saura qu'un bal va avoir lieu à Broxbourne House, nous serons assaillies d'invitations de la part des maîtresses de maison les plus célèbres de Londres.

Ces mots furent prophétiques. Bien avant le bal, Andrina fut emportée dans un tourbillon de tâches incessantes, d'achats, d'agitation et d'obligations sociales à en avoir par-dessus la tête.

Dans la matinée du premier jour, aussitôt après le petit déjeuner, lady Evelyn et Andrina partirent en ville avec la voiture du duc. Lady Evelyn avait demandé au cocher de les conduire à Bond Street, chez Mme Bertin, réputée la meilleure couturière de Londres.

Quand elle aperçut Andrina, Mme Bertin prit un air dédaigneux, mais son attitude changea radicalement dès qu'elle sut qui était lady Evelyn et de quelle mission elle était chargée : choisir les toilettes de trois jeunes filles dont le duc de Broxbourne s'occupait.

Soudain souriante et empressée, elle leur montra des robes superbes, qui n'étaient pas terminées et avaient visiblement été commandées par d'autres clientes. Elle assura qu'elle pourrait faire les dernières retouches pour le lendemain s'il s'agissait d'une commande ferme...

Emerveillée par la beauté et le raffinement de ces robes, plus tentantes les unes que les autres, Andrina acceptait tous les conseils de Mme Bertin.

Mais lady Evelyn était plus exigeante. Elle alliait pour choisir un goût infaillible à une grande expérience. Andrina était heureuse d'avoir son aide. Heureusement elle connaissait la taille exacte de ses sœurs. Elle leur avait si souvent cousu des robes!

– Cheryl et Sharon, comme toutes les débutantes, doivent être en blanc, dit lady Evelyn avec fermeté.

– Le blanc va très bien à Cheryl, madame, s'interposa Andrina, mais Sharon a les cheveux noirs et une peau de magnolia, les couleurs lui vont mieux que le blanc.

– C'est possible, mais toutes les débutantes doivent être en blanc, insista lady Evelyn.

La question fut résolue par Mme Bertin qui proposa de faire pour Sharon une robe du soir en paillettes argentées sur fond blanc, et une autre, en dentelle, brodée d'or au décolleté et au bas de la jupe.

Andrina était abasourdie qu'une robe pût être si légère, si aérienne... et si transparente.

Soies, mousselines, les tissus les plus fins furent choisis. Brodées, garnies de rubans ou de fils d'or et d'argent, toutes les robes accentuaient les contours et les courbes du corps.

Comme l'avait affirmé Sharon, la nouvelle mode laissait bien entrevoir la naissance de la poitrine tout en révélant aux regards la ligne des jambes.

Mais Andrina faisait confiance à lady Evelyn, et peut-être les robes étaient-elles moins provocantes lorsqu'elles étaient portées que dans le magasin de Mme Bertin.

En rentrant à Broxbourne House, Andrina réalisa, non sans inquiétude, qu'elles avaient acheté un nombre inouï de robes. Elle craignait d'avoir dépensé une trop grosse partie des cinq cents livres qu'elle espérait obtenir du collier de sa mère.

Pourtant, lady Evelyn n'avait pas encore fini...

Il fallait des chapeaux, des chaussures, des bas, des chemises de nuit, des gants et toutes sortes d'autres accessoires. Elles coururent les magasins tout l'après-midi. Les sacs à main et les pochettes étaient très à la mode, car il était impossible de faire des poches à des robes aussi vaporeuses et ajustées.

Andrina se laissa emporter par cette vague d'achats, sans protester.

Peu après leur retour à Broxbourne House, lady Evelyn monta se reposer. Andrina se décida alors à parler au duc des achats importants qu'elle venait de faire.

Elle avait accompagné lady Evelyn au premier étage mais au lieu de suivre les conseils de sa compagne et d'aller se détendre, elle descendit l'escalier et demanda au maître d'hôtel si le duc était là.

– Il est dans la bibliothèque, mademoiselle, lui fut-il répondu.

– Veuillez lui demander, monsieur, s'il peut me recevoir.

– Je vais vous annoncer, mademoiselle, M. le duc est seul...

Andrina suivit le maître d'hôtel dans la pièce où

elle avait trouvé le duc la veille, alors qu'elle s'attendait à voir son père.

Elle savait qu'elle avait à présent une allure bien différente. Elle n'était plus la jeune fille vêtue d'une pauvre robe tout juste bonne, aux yeux de Mme Bertin, à jeter au feu. Andrina était mince et bien faite et elle avait pu trouver une robe à sa convenance, parmi celles que Mme Bertin gardait pour son étalage.

Bleu jacinthe, sa coupe était très à la mode : ceinture haute, petites manches bouffantes, évidemment bien plus raffinée que les robes portées pendant la guerre lorsque les garnitures en provenance de Lyon et d'autres régions de France étaient introuvables.

A la demande de lady Evelyn, Andrina avait changé de coiffure. Elle se savait très séduisante et se sentait sûre d'elle-même, lorsque le maître d'hôtel ouvrit la porte de la bibliothèque et l'annonça :

– Mlle Maldon, monsieur le duc!

Celui-ci était assis dans un fauteuil et lisait le *Times*. Délibérément, il dévisagea Andrina, avant de se lever.

Elle s'avança fièrement, la tête haute, mais consciente du fait que ses manières arrogantes avaient le pouvoir de l'intimider et de la confondre.

– Vous désirez me voir? demanda-t-il, dissimulant assez mal son étonnement devant une aussi charmante apparition.

– Je sais, monsieur, que vous ne désirez pas être dérangé pour des détails. Mais je crois devoir vous dire que j'ai, en compagnie de lady Evelyn, dépensé énormément d'argent aujourd'hui. Je ne crois pas avoir dépassé le montant de la somme dont nous disposons, mais nous avons d'autres achats à faire et j'aimerais savoir où nous en sommes au juste, car je ne veux pas contracter de dettes envers vous.

– Cela vous ennuierait-il?

– Comme je vous l'ai déjà dit, monsieur, répliqua Andrina avec dignité, je ne veux pas que nous vous soyons une charge financière. Je vous prie donc de m'avertir quand nos ressources seront épuisées.

Le duc garda le silence. Andrina reprit :

– Je ne sais quoi dire à lady Evelyn au sujet de ses robes. Elle a donné ordre à la couturière et aux autres magasins de vous envoyer toutes les factures... Je suppose que je dois payer ses achats...

– Ne trouvez-vous pas que c'est un peu trop? demanda le duc sur un ton sarcastique. Même cinq cents livres – ce que vous pensez pouvoir obtenir de ce collier – ne durent pas indéfiniment!

– Cela doit suffire pour deux mois, monsieur. Et nous voulons payer le bal, le champagne et l'orchestre.

– Je dois donc préciser ceci : c'est moi qui suis comptable de l'hospitalité que j'offre à mes invités.

– Oui, monsieur, mais c'est à cause de nous que vous faites ces invitations.

– Peut-être, mais il n'est pas dans mes habitudes d'accepter de l'argent des femmes.

– Inutile de vous fâcher, monsieur, dit Andrina dignement. Cela vous déplaît que je vous parle de ces choses, mais vous savez aussi bien que moi que vous n'aviez nullement souhaité notre venue chez vous! Je ne veux pas vous voir penser que nous cherchons à nous imposer, et moins encore que nous comptons sur votre argent!

– Si vous n'aimez pas ma façon de diriger ma maison, répliqua le duc sèchement, l'alternative est simple...

Il devenait agressif. Elle devait se contrôler.

– Pourquoi ne voulez-vous pas me comprendre, monsieur? protesta-t-elle. Je me suis imposée à vous, c'est vrai, et je vous impose aussi mes sœurs. Cela, je l'admets... Mais nous ne voulons pas pour autant nous comporter en parentes pauvres qui cherchent à profiter de la situation. Je sais que l'on voit ce genre de choses dans presque toutes les familles, mais nous, nous ne voulons pas agir ainsi.

– Vous avez eu votre mot à dire une fois, répondit le duc. Dorénavant, c'est moi qui commande. J'arrange les choses comme elles me conviennent. C'est à vous de les accepter ou non.

Il avait parlé durement et Andrina rougit, non pas de honte, mais de dépit.

– Très bien, monsieur! dit-elle ironiquement. Et naturellement, je vous suis reconnaissante, avec humilité et servilité...

Elle esquissa une révérence et sortit, de peur de prononcer des mots qu'elle regretterait plus tard.

Pourquoi fallait-il que le duc fût à ce point odieux? Mais elle, au fait, n'était-elle pas un peu ridicule?

Il faisait tant pour elles déjà! Le champagne et l'orchestre ne le ruineraient pas! Il était tellement riche. Ces quelques dépenses passeraient inaperçues.

Cependant Andrina se sentait comme étourdie, sur le point de s'enliser dans des sables mouvants qui, tôt ou tard, l'engloutiraient et la feraient suffoquer. Cette épreuve était trop lourde pour elle.

Dès son arrivée, Sharon lui démontra qu'il était inutile de se préoccuper d'autres choses que de leur séjour à Londres et de leurs débuts sous d'aussi bons auspices.

– Les protégées du duc! Le bal! Oh, Andrina! Comment as-tu obtenu tout cela? demanda-t-elle en se jetant au cou de son aînée pour l'embrasser avec frénésie.

– Pour te dire la vérité, je n'ai jamais cru qu'il consentirait à nous aider. Naturellement, nous payons presque tout. Je lui ai donné le collier de maman pour couvrir nos frais. Mais il ne veut pas que je paie le bal.

– Pourquoi le permettrait-il? protesta Sharon, pratique. Après tout, c'est sa maison. Mais je trouve très chic de sa part de donner le bal!

– Je serais bien plus heureuse si le champagne et l'orchestre étaient à notre charge, quitte à acheter quelques robes de moins.

– Voyons, ne sois pas ridicule! Si nous nous marions, il nous faut de l'argent pour acheter nos trousseaux. Y as-tu pensé?

– Je crains que non, admit Andrina.

– Pour l'amour de Dieu, laisse-le nous donner tout ce qu'il voudra! implora Sharon. Il paraît qu'il n'a jamais rien fait de semblable.

– Qui t'a dit cela? s'enquit Andrina.

– Lady Drayton. Elle était tout à fait étonnée de nous voir partir pour un séjour à Broxbourne House. Dans sa lettre, le duc lui a fait savoir que lady Evelyn serait notre chaperon, mais même avec un chaperon, elle ne semblait pas approuver notre séjour chez un célibataire.

– Je crois que ce n'est pas parce qu'il est célibataire mais plutôt parce qu'il est très difficile et très autoritaire.

Cheryl, qui était plus sensible et plus perspicace, s'exclama :

– Je crois que tu ne l'aimes pas, Andrina!

– A vrai dire, je le trouve trop prétentieux, et tyrannique et despotique! Non, il ne m'est guère sympathique!

Elle avait parlé avec une telle violence que Cheryl et Sharon se regardèrent, consternées.

Après un moment Sharon demanda :

– Pourquoi te laisses-tu tellement impressionner?

Cheryl était préoccupée. Elle prit les mains d'Andrina dans les siennes.

– Si cela t'est si pénible, Andrina, dit-elle avec douceur, nous pouvons rentrer à la maison sans nous soucier de débuter à Londres. Hugo m'a dit que je n'aimerais pas cette grande ville.

– Ce que t'a dit Hugo est idiot! protesta Andrina avec force.

Elle s'arrêta pour réfléchir. Puis elle ajouta :

– Oui, le duc est un être très difficile... Mais nous ne pouvons tout de même pas abandonner la partie au point où nous en sommes! Il faut simplement prendre garde à ne pas le mécontenter.

– Il est pourtant gentil de nous recevoir chez lui, dit Cheryl.

– Quand le rencontrerons-nous? demanda Sharon.

A ce moment précis, quelqu'un frappa à la porte.

Elles se trouvaient toutes les trois dans la chambre d'Andrina qui répondit :

– Entrez!

Une servante apportait un message du duc. Il voulait les voir aussitôt que possible. Elles devaient se rendre au salon.

– Il faut vous changer, vite! dit Andrina, avec excitation. Je ne veux pas qu'il vous voie avec vos vêtements de voyage, mais avec les nouvelles robes que j'ai achetées. (Elle regarda la pendule.) Nous ne pouvons le faire attendre! Nous n'avons que cinq minutes, pas une de plus!

Les jeunes filles s'en allèrent dans leur chambre.

Andrina suivit Cheryl pour l'aider à enfiler une robe d'après-midi, en dentelle blanche, garnie de rubans bleus et d'une ceinture assortie. Elle avait choisi un bleu qui s'accordait à merveille à la couleur des yeux de sa sœur. Elle l'aida à disposer ses cheveux et y posa deux nœuds pour retenir les boucles. Puis, la contemplant, elle la trouva si ravissante qu'aucun homme, elle en était persuadée, n'aurait pu lui résister.

La robe de Sharon était blanche, elle aussi, mais d'une coupe plus classique. Les garnitures vert tilleul mettaient son teint en valeur. Elle était très belle, d'une beauté légèrement exotique.

Quelques minutes plus tard, les trois sœurs descendirent et entrèrent dans le salon où le duc les attendait.

Il se trouvait au fond de la pièce. Elles s'avancèrent vers lui et firent, presque ensemble, une légère révérence.

– Monsieur, puis-je vous présenter mes sœurs? demanda Andrina d'une voix triomphante. Voilà Cheryl... et voici Sharon!

Les jeunes filles firent à nouveau la révérence et Sharon s'exclama naïvement :

– C'est la chose la plus merveilleuse qui nous soit jamais arrivée! Et vous avez tout à fait l'air d'un duc, monsieur!

– Et comment cela? lui demanda-t-il avec ironie.

– Très grand et impressionnant! J'aimerais vous voir dans votre habit, monsieur!

– Peut-être aurez-vous ce privilège une autre fois.

Andrina le savait volontairement sarcastique.

Tout en faisant les présentations, elle ne l'avait pas quitté du regard et l'expression de surprise qu'il avait eue en voyant Cheryl et Sharon ne lui avait pas échappé. Il n'avait manifestement pas pensé qu'elles seraient aussi belles.

– C'est une très grande maison que vous avez, monsieur! dit Cheryl, d'une voix mal assurée.

Andrina comprit qu'elle était intimidée. Prenant sa sœur par la main, elle l'entraîna vers la fenêtre.

– Regarde le jardin! Il est entretenu à la perfection. Les fleurs sont exquises! Il sera illuminé le soir du bal. Ce sera très romantique!

Elle sentait dans sa main les doigts glacés de Cheryl. Quant à Sharon, très enjouée, elle parlait avec le duc.

– Je ne sais pas si lady Evelyn vous l'a dit, mais nous sommes invités à dîner chez la duchesse de Devonshire, ce soir. Ce n'est qu'une petite réception, mais je crois que les jeunes gens danseront après le repas, annonça le duc.

– Heureusement que nous avons quelques robes nouvelles! s'exclama Sharon. J'ai lu quelque chose sur Devonshire House dans une revue. C'est une maison très imposante. Et la duchesse est réputée pour sa beauté.

– Je vois que vous êtes bien informée! Nous partirons d'ici à 7 heures et demie. Lady Evelyn insiste pour que je vous accompagne. Elle est sûre que si je ne viens pas, personne ne croira que je suis votre tuteur.

Il quitta le salon et Andrina le suivit des yeux.

Elle voyait bien qu'il n'était pas content de se voir forcé par sa cousine à les accompagner, mais elle trouvait que lady Evelyn avait raison. Sans cela, en effet, les rumeurs qui couraient à Londres à leur sujet seraient considérées comme une plaisanterie.

– Je ne crois pas qu'il désire aller à cette réception, murmura Cheryl d'une voix troublée.

– C'est sa façon d'être, affirma Andrina pour la rassurer. Il ne faut pas y faire attention, ma chérie!

– Je le trouve très fascinant! dit Sharon. Je suppose qu'il ne se mariera jamais. Il a dû avoir un amour malheureux!

Peut-être Sharon avait-elle raison. Cela pouvait expliquer son cynisme et être à l'origine de sa suffisance et de son désir de rester célibataire.

Andrina se secoua. Elle n'avait pas de temps à perdre. La vie privée du duc, d'ailleurs, ne la concernait pas.

A présent, sa préoccupation majeure serait de rendre Cheryl heureuse et d'éviter qu'elle soit intimidée par cette immense maison, par le grand nombre de ses domestiques, et par lady Evelyn.

Pour cette dernière, il n'y avait vraiment pas de quoi s'effrayer. Elle aussi était ravie d'aller à une réception. Elle riait de tout en aidant les jeunes filles à s'apprêter et les conseillait afin que tout fût parfait.

On avait fait venir un artiste en la matière pour coiffer les trois sœurs. Lesquelles avaient discuté un grand moment sur le choix des robes qu'elles porteraient pour leur première sortie à Londres. Un bon nombre des toilettes commandées avaient déjà été livrées.

Après avoir aidé Cheryl et Sharon à s'habiller, Andrina s'aperçut qu'il lui restait très peu de temps pour elle-même. Elle prit donc la première robe qui lui tomba sous la main.

Ses deux sœurs étaient en blanc puisque c'était leur début dans la saison. Mais Andrina n'était plus une débutante et ses robes étaient de couleurs pastel, comme sa mère aimait jadis à l'habiller.

Cette dernière lui disait souvent : « Tu ne te tromperas jamais, ma chérie, si tu choisis des couleurs atténuées. Les tonalités douces sont celles qui te conviennent le mieux. »

Pour cette réception, la robe d'Andrina, très sobre, sans rubans ni dentelles à l'inverse de celles de ses jeunes sœurs, était d'un bleu myosotis.

Andrina espérait que sa robe serait moins coûteuse que celles de Cheryl et de Sharon, mais elle savait que Mme Bertin prenait extrêmement cher, même pour les toilettes les plus simples. Elle songeait à trouver une autre couturière, plus abordable.

Enfin, elles furent prêtes.

Lady Evelyn monta les chercher. Elle portait une robe violette très élégante, ornée de quelques orchidées sur l'épaule.

– Comme vos orchidées sont belles, madame! s'exclama Andrina.

Elle remarqua avec surprise que lady Evelyn semblait vexée.

– Lorsque j'étais à Bruxelles, je portais toujours des fleurs, s'excusa cette dernière. J'ai pensé qu'une fois encore je pouvais me permettre d'être un peu... extravagante!

– Elles vous vont à merveille, madame, dit Andrina en se demandant si elle devait payer pour les fleurs aussi.

Mais elle se reprit aussitôt. C'était la moindre des choses, et elles manifesteraient ainsi leur reconnaissance à lady Evelyn.

Andrina avait eu raison de penser que tout le monde serait conquis par la beauté de Cheryl et Sharon.

Dès leur entrée dans les salons de Devonshire House, leur succès était assuré!

Andrina écoutait avec fierté les éloges qu'on adressait à ses sœurs. Elle recevait aussi des compliments, mais elle croyait que c'était par simple politesse. Elle n'avait pas la beauté éclatante de Cheryl et Sharon.

Elle fut surprise de trouver les gens bien plus intéressants qu'elle ne l'aurait cru.

Au dîner, elle se trouva à côté du duc de Wellington. Cela la ravit. Elle avait toujours rêvé de rencontrer cet homme qu'elle admirait tant. Il se montra fort aimable et courtois. Andrina ne savait pas qu'il avait toujours apprécié les jolies femmes et qu'il était connu pour ses liaisons amoureuses. Bien qu'il fût très discret sur ce sujet, naturellement, cela se savait.

Elle lui dit comment son père lui avait raconté la bataille d'Assaye et son admirable bravoure en cette circonstance.

– Ce qui m'aida à surmonter les grandes difficultés de la guerre de Mahrette et des négociations pour la paix, ce fut la bonne foi du peuple anglais, rien de plus, lui affirma-t-il.

Andrina remarqua à quel point ses yeux brillaient et elle se rappela qu'après Waterloo sir Alexander Frazer avait dit de lui : « Froid et indifférent au commencement de la bataille, dès que les difficultés surgissent, son intelligence brille et les yeux de cet homme merveilleux deviennent de feu; alors, il est incomparable! »

Le comte de Crowhurst se trouvait de l'autre côté d'Andrina, mais elle le négligea. C'était inévitable. Le comte ne pouvait rivaliser avec le héros de Waterloo.

D'autant qu'il était fort peu attrayant. Andrina le trouvait laid. Plus que laid... Quelque chose dans sa personne déplaisait énormément à Andrina. Un regard fuyant, des paupières lourdes, des lèvres épaisses révélaient plus que de la sensualité, la débauche...

Andrina avait tellement discuté avec le duc de Wellington qu'elle avait délaissé le comte. Vers la fin du repas, elle eut conscience de son impolitesse et se tourna vers lui.

– Vous m'avez ignoré, mademoiselle Maldon, et j'en suis froissé, lui dit-il.

– Veuillez m'excuser, monsieur, je vous prie! Je n'ai pas eu l'intention d'être incorrecte, répondit Andrina, mais il est passionnant de rencontrer le duc de Wellington! Mon père m'a si souvent parlé de lui et j'ai moi-même lu tant de choses à son sujet et sur ses batailles!

– J'ai pris part à d'autres batailles... remarqua le comte, et, à ma façon, j'ai eu moi aussi beaucoup de notoriété!

– Quelles ont été vos batailles, monsieur? lui demanda Andrina, d'une voix distraite.

– Celles de l'amour!

Remarquant la surprise dans les yeux d'Andrina, le comte ajouta :

– Vous êtes très belle, mademoiselle Maldon! J'imagine qu'une armée d'hommes vous a déjà dit cela bien des fois!

– Détrompez-vous, monsieur, répondit Andrina.

Je viens juste d'arriver à Londres. En province, cela ne se fait pas.

– Est-il vrai que le duc vient d'ouvrir une crèche à Broxbourne House?

– Si vous faites allusion au fait qu'il a entrepris de nous présenter, mes sœurs et moi, à la société, répliqua Andrina très froide, c'est exact, monsieur!

Le comte regarda Cheryl et Sharon qui se trouvaient de l'autre côté de la table.

– Je dois complimenter le duc pour son bon goût! Où a-t-il donc déniché trois personnes aussi séduisantes?

Mal à l'aise, Andrina changea de conversation.

– Nous sommes des parentes du duc. Mais... n'alliez-vous pas me parler de vous, monsieur?

– Je ne demande qu'à parler de moi et... de vous! dit le comte de Crowhurst d'une voix douceâtre. Et je tiens à parler de vous, jolie madame!

Sa voix caressante inquiéta Andrina. Le comte devait être un de ces hommes d'âge mûr qui flirtaient avec toutes les jolies filles, comme le faisaient les anciens amis de son père.

– Vous intéressez-vous aux chevaux, monsieur? lui demanda-t-elle, détournant encore une fois la conversation.

– Je ne suis intéressé que par la plus jolie fille que je connaisse. Je n'en avais pas rencontré de si jolie depuis bien longtemps. Et je viens tout juste d'apprendre qu'elle s'appelle Andrina!

Il continua à lui faire des compliments à voix basse, d'une façon tout à fait déplacée. Andrina, qui détestait cela, fut soulagée lorsque, le repas achevé, la duchesse invita les dames à l'accompagner.

Après le dîner, on dansa. Andrina avait espéré que le comte s'estimerait trop âgé pour danser avec les jeunes filles présentes, mais elle se trompait. Il l'invita à danser. Tout d'abord elle refusa, mais il insista. Elle consentit à lui accorder la valse suivante, danse qui avait été lancée après la guerre et qui était devenue à la mode.

Heureusement, ses jeunes sœurs avaient appris à danser le quadrille et les valses viennoises. Elles adoraient cela.

La Belle Assemblée avait publié qu'un petit groupe très snob se réunissait tous les jours à Devonshire House pour apprendre les nouveaux pas.

– Je veux vous serrer dans mes bras, murmura le comte. Vous êtes exquise! Je pense que quelqu'un devrait vous sculpter en Vénus!

Malgré son manque d'expérience et sa candeur, Andrina comprit ses insinuations et se raidit. Vraiment, elle ne pouvait pas le supporter!

La fête finie, les trois sœurs et leur chaperon s'en allèrent. Le duc ne les accompagna pas.

Dans la voiture, pendant le parcours, lady Evelyn s'exclama :

– Quelle soirée! Vous avez eu beaucoup de succès! Cheryl, ma chérie, j'ai remarqué que le marquis de Glen était charmé par vous, et Andrina a certainement fait une conquête de taille en la personne du comte de Crowhurst!

– J'espère que non, madame! protesta Andrina. Je le trouve détestable!

– Ma chère enfant, c'est un très bon parti! affirma lady Evelyn.

– Il ne s'est jamais marié? demanda Sharon.

– Deux fois. Sa première femme est morte un an après leur mariage; il était alors très jeune. Quant à sa seconde femme, elle a fait une chute en chassant, il y a trois ans. On a essayé de la sauver mais, si l'on avait réussi, elle serait restée invalide pour le reste de sa vie. Il vaut mieux qu'elle soit morte.

– Cela a dû être terrible pour le comte, dit Cheryl qui était toujours émue par ces histoires de souffrance et de malheur.

– Il s'est très vite consolé, je vous l'assure. Mais en même temps, je dois vous dire, Andrina, que s'il s'intéresse sérieusement à vous, vous aurez une très belle situation. Vous aurez fait ce qu'on appelle un beau mariage! Il est très riche et son château à Hampshire est réputé pour être magnifique!

– Le comte ne m'intéresse pas du tout, madame, annonça Andrina, froidement. D'ailleurs, je ne suis pas intéressée par qui que ce soit. Ce sont Cheryl et Sharon qui doivent trouver des maris. Pas moi!

– Le marquis de Glen est certainement bien, remarqua lady Evelyn. C'est l'aîné du duc d'Arkrae. Evidemment, il est écossais, mais pas plus mauvais pour autant.

Andrina sourit. Ce serait merveilleux si le marquis s'éprenait de Cheryl et si elle devenait duchesse! Andrina en avait toujours rêvé pour sa sœur.

Elle avait observé le marquis lorsqu'il dansait avec Cheryl. Ce jeune homme aux cheveux blond cendré semblait assez insignifiant. Mais il paraissait posé et délicat. Andrina était sûre qu'il n'intimiderait pas Cheryl comme un homme du genre du comte, par exemple. Ou comme le duc qui l'effrayait visiblement.

Songeuse, Andrina se disait : je dois à tout prix éviter qu'ils se rencontrent.

Sharon était différente. Elle n'avait jamais peur de personne, et, comme elle l'avait dit elle-même, le duc la fascinait.

Pendant la réception chez la duchesse du Devonshire, Sharon avait été continuellement entourée de jeunes gens qui riaient de ce qu'elle racontait. Andrina avait toujours su que Sharon serait à son aise partout.

Soudain la pensée lui vint que le duc pouvait épouser Sharon... Si Cheryl devenait duchesse d'Arkrae, pourquoi Sharon ne deviendrait-elle pas duchesse de Broxbourne?

L'idée n'était pas mauvaise... Andrina se demanda si le duc préférait les blondes ou les brunes. S'il préférait les blondes, il serait très difficile de convaincre Cheryl de le considérer comme prétendant.

Rêvant au mariage de ses sœurs, Andrina mit très longtemps à s'endormir.

Elles étaient toutes très fatiguées, après cette longue journée et la folle animation de la soirée à Devonshire House. Pourtant, Andrina ne trouvait pas le sommeil. Lasse d'être couchée sans dormir, elle se leva et se rendit à la fenêtre.

Sa chambre se trouvait en face de l'allée qui conduisait à la maison. Alors qu'elle entrouvrait les rideaux, elle aperçut une voiture qui s'approchait, puis s'arrêtait.

C'était le duc! D'où revenait-il? Trois heures s'étaient écoulées depuis leur départ de Devonshire House!

Avait-il été à son club? Ou bien avait-il rendu visite à une dame?

Son père lui avait souvent raconté que les hommes du monde s'intéressent beaucoup aux actrices, aux chanteuses de Vauxhall Gardens et à certaines femmes, souvent très belles mais... très mal vues. Andrina se demandait quelle sorte de femme le duc était allé voir si tard dans la nuit...

Elle comprit alors brutalement ce qu'il avait pensé d'elle, Andrina. Il avait imaginé qu'elle appartenait à ce monde et c'est pour cela qu'il avait osé la traiter d'une manière aussi désinvolte!

De nouveau, la révolte submergea Andrina tandis qu'elle se remémorait l'étrange sensation éprouvée lorsque le duc l'avait embrassée : une sensation brûlante envahissant son corps, mêlée de douleur et d'une joie indescriptible.

« Comment a-t-il osé? », s'interrogea-t-elle à haute voix.

D'un geste brusque, elle referma les rideaux.

4

Andrina promenait son regard autour d'elle. Pas de doute : le bal était un brillant succès!

Le magnifique salon de Broxbourne House, dont les portes-fenêtres à la française s'ouvraient sur un beau jardin baigné de lumière, était décoré de guirlandes de fleurs.

Les musiciens, en uniforme rouge soutaché de galons dorés, jouaient des airs à la mode. Mais l'attraction principale de la soirée c'était, bien sûr, les invités. Les toilettes des femmes étaient ravissantes et leurs bijoux d'une rare beauté. D'éclatantes décorations chamarraient les habits de soirée des hommes.

Parmi les privilégiés invités au dîner de quarante couverts se trouvait le Prince-Régent. Deux cents autres invités, parmi lesquels se trouvaient les personnalités les plus célèbres de Londres, étaient arrivés plus tard.

A la recherche de Cheryl, Andrina regardait les

danseurs tournoyer dans le grand salon, sous la lumière étincelante de mille et une bougies.

Quelle réussite au delà de toutes ses espérances! Cheryl portait une robe de soie blanche, garnie de rangées de dentelles, retenues par de délicats bouquets d'anémones. C'était d'un goût parfait. Quelle jeune fille aurait pu l'emporter en beauté sur Cheryl? Ses cheveux blonds brillaient comme l'or et ses yeux bleus, levés vers le visage de son partenaire, le marquis de Glen, pétillaient de joie.

On dirait un rêve, pensa Andrina. Tout est presque trop beau pour être vrai.

Certes, le marquis lui paraissait insignifiant. Il était impossible de le comparer au duc ou à certains des jeunes gens présents, bien plus beaux et plus élégants. Mais Cheryl semblait bien l'aimer. Il ne l'intimidait ni ne la crispait. Tout au contraire, elle semblait très à l'aise en sa compagnie. Et c'était le plus important.

Heureuse, Andrina sourit. Puis elle chercha des yeux Sharon, et fronça les sourcils en voyant avec qui sa cadette dansait.

Sharon brillait de tous ses feux. Son charme exotique lui donnait une aura terriblement séduisante. Sa robe de dentelle argentée sur fond de lamé lui allait merveilleusement bien. Son corps svelte, encore adolescent, ainsi que ses yeux, trahissaient à quel point elle était jeune et insouciante. Deux broches de diamants, en forme d'étoile, scintillaient dans ses magnifiques cheveux noirs.

Andrina s'était contentée d'une fine guirlande de fleurs roses pour ses cheveux. Rose également, sa robe de mousseline sur fond de satin s'ornait de rubans de velours.

Quelques jeunes hommes, d'un manque d'imagination incroyable, lui avaient dit qu'elle ressemblait à une rose!

C'est vrai qu'elle s'était habillée prestement, afin de pouvoir aider Cheryl, mais elle estimait que sa robe lui allait très bien.

Alors qu'elles mettaient la dernière main à leurs toilettes, les trois sœurs avaient entendu frapper à la porte et lady Evelyn était entrée sans attendre de réponse.

– C'est incroyable, mes enfants! annonça-t-elle. Je viens de recevoir un message du duc nous autorisant à porter des bijoux de la famille!

– Les bijoux de la famille, madame? demanda Andrina tandis que Sharon faisait son apparition.

– C'est justement ce qui nous manquait! s'exclama celle-ci. Nous sommes toutes très élégantes mais il nous faudrait un petit quelque chose pour compléter nos toilettes et ce petit quelque chose, ce sont des bijoux.

– C'est bien ce que je pensais, assura lady Evelyn. Pour les femmes, les bijoux sont aussi importants que les cosmétiques.

– Et où sont ces bijoux, madame? demanda Sharon.

– Je vais vous les montrer, répondit lady Evelyn en souriant.

Elles descendirent l'escalier et pénétrèrent dans le bureau de M. Robson. Il les attendait, ayant déjà reçu les instructions du duc. Il ouvrit une lourde porte de fer qui se trouvait dans un des coins de la pièce. A la vue des bijoux, Andrina ne put s'empêcher de les comparer, en elle-même, à un petit trésor des Mille et Une Nuits.

Des coffres et des écrins recouverts de satin, de velours et de cuir reposaient sur des étagères;

M. Robson les ouvrit, livrant aux yeux des quatre femmes des joyaux qui les remplirent d'admiration et d'étonnement. Il y avait un ensemble splendide de saphirs et diamants composé d'un diadème, d'un collier, de bracelets et de bagues. Les autres ensembles, non moins magnifiques, arboraient des émeraudes, des rubis, des diamants et des perles.

D'autres bijoux, de famille ou bien acquis lors de voyages à l'étranger, se révélaient à l'ouverture de chaque nouvel écrin.

Sharon s'extasiait devant ces merveilles et même Cheryl, d'habitude si calme, semblait transportée par tant de splendeur.

– Qu'allons-nous choisir? interrogea Sharon.

– J'aimerais porter les saphirs, mais ils ne vont pas avec ma robe, expliqua lady Evelyn. J'ai toujours pensé qu'ils étaient le joyau de la collection Broxbourne. Je me souviens que la mère de Tancred les portait d'une façon admirable.

Elle se tourna vers le secrétaire :

– N'est-ce pas vrai, monsieur Robson?

– Mme la duchesse était une femme étonnamment belle! La plus belle que j'aie jamais vue! confirma-t-il.

– Ne croyez-vous pas que le duc serait contrarié de voir une autre femme les porter? demanda Andrina, préoccupée.

Elle avait parlé à M. Robson, mais lady Evelyn répondit à sa place.

– Je ne vois pas pourquoi il le serait. Après tout, lorsque sa mère est morte, il n'avait que six ans. Je doute fort qu'il se souvienne d'elle.

Andrina pensait au contraire que le duc devait très bien se souvenir de sa mère. Elle-même se rappelait beaucoup de choses qu'elle avait faites avec ses parents quand elle avait à peine quatre ans.

– Je porterai les diamants, décida finalement lady Evelyn qui contemplait toujours les saphirs. Et vous, mes enfants?

– Je crois que Cheryl ne doit porter qu'un petit collier de perles, décida Andrina avec fermeté. Une débutante ne doit pas porter trop de bijoux, il me semble.

Lady Evelyn sourit.

– Vous avez tout à fait raison. Mais c'est moi qui m'aurais dû le dire. Ce serait effectivement de mauvais goût. Un collier de perles sera parfait pour Cheryl.

– Je veux quelque chose qui brille! dit Sharon sur un ton emphatique.

– Que pensez-vous de ceci, mademoiselle Sharon? suggéra M. Robson.

Il ouvrit une nouvelle boîte qui contenait deux broches en forme d'étoile et dont les diamants scintillaient.

Andrina les fixa sur les cheveux de Sharon. Ils rehaussaient sa beauté et s'harmonisaient parfaitement avec sa robe de dentelle argentée.

– Et vous, Andrina, que porterez-vous? demanda lady Evelyn.

Andrina, de la tête, fit un signe de dénégation.

– Je n'ai besoin d'aucun bijou, affirma-t-elle. La guirlande de fleurs de ma robe me suffit, madame.

Elle avait parlé avec une telle fermeté que personne n'osa la contredire. Elles remercièrent M. Robson, puis remontèrent au premier étage.

– Pourquoi n'as-tu pas choisi un joli bracelet? demanda Cheryl quand elles arrivèrent en haut de l'escalier.

– Il serait caché par mes gants.

Andrina ne pouvait confier à Cheryl ni à personne la raison pour laquelle elle refusait l'offre du duc. Elle trouvait indélicat de porter un objet lui appartenant, alors qu'il ne lui était guère sympathique et qu'il lui avait avoué s'être laissé entraîner dans « ce projet fou » contre tout bon sens et contre toutes ses inclinations...

Le cas était différent en ce qui concernait Cheryl et Sharon. Mais c'était elle, Andrina, qui avait entraîné le duc dans cette histoire, elle qui l'avait presque obligé à les présenter à la haute société. Elle n'entendait accepter de lui que le strict nécessaire, ce qui était indispensable à leur réussite.

Andrina interrompit ses réflexions, chercha sa cadette des yeux et, de nouveau, fronça les sourcils.

Sharon dansait, pour la seconde ou troisième fois, avec un Russe qu'elles avaient rencontré à l'Almack. Lorsque lady Evelyn leur avait annoncé qu'elles y étaient invitées par lady Cowper, Sharon avait sauté de joie. Son extrême excitation lui avait même coupé la parole.

L'Almack, le temple du grand monde que décrivaient les journaux qu'elle avait tant lus, le lieu le plus exclusif, le plus fermé de Londres, allait leur ouvrir ses portes, à elles, les demoiselles Maldon, parce qu'elles étaient inscrites sur la fameuse « liste »!

Le club déçut Andrina qui s'était attendue à mieux!

Il était situé dans un édifice de la King Street et composé d'une suite de salles qui n'avaient rien d'extraordinaire. On y servait de banales collations : limonade ou thé, pain grillé beurré ou simples gâteaux secs. Rien de luxueux dans tout cela.

Mais tout changeait à la vue des habitués!

Lady Evelyn connaissait tout le monde. En route, elle avait insisté sur la chance exceptionnelle que les jeunes filles avaient d'être admises par lady Cowper, si tôt après leur arrivée à Londres.

– La Garde royale se vante d'avoir trois cents officiers, expliqua-t-elle. Pourtant, il n'y en a pas plus de six à être admis à l'Almack.

– Est-ce que les messieurs y jouent, madame? demanda Sharon, qui avait lu quelque chose à ce sujet sur les autres clubs de Londres.

– Il y a peu de temps, quelqu'un l'a suggéré, répliqua lady Evelyn. Mais on a jugé que les jeunes filles perdraient leurs partenaires si on installait des tables de jeu. Sans aucun doute, les hommes préféreraient jouer que danser. (Elle rit.) Non, mes enfants, on ne joue pas à l'Almack. Ce soir, c'est vous qui serez l'attraction du club. Que cette chance unique vous soit une réussite!

Andrina pensait que pour la plupart des jeunes filles, cela ne devait pas être chose facile. En effet, toutes ces « marraines » étaient fort belles.

A ving-neuf ans, lady Cowper était au comble de sa beauté. Son profil bien dessiné, ses immenses yeux expressifs, son port empreint de grâce et de fierté, ses épaules splendides, tout cela la rendait merveilleusement séduisante. Par la suite, Andrina découvrit qu'elle était aussi la plus douce et la plus aimable des femmes.

Andrina trouvait lady Jersey (surnommée Silence par ses amis car elle parlait sans arrêt), plus que belle, fascinante!

Lady Sefton était moins éclatante mais charmante et si agréable!

La forte personnalité de la princesse de Lieven, femme de l'ambassadeur de Russie, laissait une impression profonde. La princesse aimait semer la discorde. Le pouvoir l'obsédait. Elle recevait tous les hommes importants de Londres à l'ambassade et croyait pouvoir changer, en faveur de la Russie, les opinions d'hommes tels que le duc de Wellington, lord Castlereagh ou lord Palmerston. Mais elle n'était pas assez intelligente pour comprendre qu'ils n'étaient pas dupes.

Lady Evelyn avait rapporté à Andrina que le duc de Wellington racontait : « La princesse est une femme de tête, dangereuse, qui tromperait n'importe qui si cela pouvait servir ses intérêts. »

C'est elle qui avait présenté le comte Ivan Birkendorff à Sharon. Lorsqu'ils avaient dansé ensemble, un grand nombre de personnes les avaient admirés. Ils étaient si charmants, si séduisants!

C'est la princesse qui avait introduit la valse dans l'Almack. Cette nouvelle danse avait d'abord été considérée comme extrêmement inconvenante.

– Même lord Byron fut choqué par la valse! apprit lady Evelyn à Andrina. Il ne permit pas à lady Caroline Lamb de la danser avant de s'être lassé d'elle.

Lord Byron était parti pour l'Italie depuis un an, mais le scandale causé par sa liaison avec lady Lamb faisait toujours partie des on-dit, remarqua Andrina en écoutant les bavardages autour d'elle. Andrina trouvait cela déplorable et décida d'éviter à tout prix que ses sœurs fassent l'objet de tels racontars.

Il faudrait aussi empêcher Sharon de gaspiller sa beauté, sa vivacité d'esprit et sa séduction avec des jeunes gens qui n'étaient pas des prétendants convenables.

Elles avaient si peu de temps!... Deux mois! Seulement deux mois pour trouver des maris! Si elles ne réussissaient pas, il faudrait retourner à Bigger Stukeby et à la solitude ennuyeuse de Manor House.

Bien qu'elle n'osât pas envisager cette issue, au fond d'elle-même, Andrina craignait une telle éventualité.

Chaque seconde qui passait les rapprochait inexorablement de l'épuisement de leurs ressources. Andrina avait donc pris très vite des renseignements sur le comte Ivan Birkendorff.

Elle apprit qu'il appartenait à une famille russe très distinguée, mais qu'il n'était pas riche. Il n'était, pour l'instant, qu'un très jeune diplomate. On disait qu'avec son charme et sa belle prestance, il se marierait avec une jeune fille de l'aristocratie anglaise, une jeune fille fortunée évidemment.

Andrina avait raconté tout cela à Sharon et la voilà qui dansait à nouveau avec lui!

Comment pouvait-elle être aussi inconséquente? Alors que tous les maris en puissance de Londres étaient réunis ce soir à Broxbourne House!

Peu de jeunes filles avaient la chance de voir donner un si beau bal en leur honneur – un bal auquel même le Prince-Régent assistait! – et d'être invitées à dîner par les principales hôtesses londoniennes.

Et voilà que Sharon semblait oublier l'importance de l'enjeu! Andrina décida de lui parler.

Lorsque le jeune couple s'approcha, elle fit un pas en avant.

– Ta jupe est dégrafée derrière, annonça-t-elle.

Puis, feignant d'ajuster la robe de sa sœur, elle chuchota à son oreille :

– Il faut que tu danses avec le duc. S'il ne t'invite pas, invite-le toi-même.

Sans attendre de réponse, Andrina fit un pas en arrière comme si elle avait fini d'arranger la jupe de sa sœur. Elle sourit au comte.

– J'espère que vous vous amusez à ce bal! dit-elle.

– Je ne pourrais pas être plus heureux et ravi, répliqua-t-il.

Il allait reprendre la danse lorsque l'orchestre s'arrêta. Andrina l'entendit alors dire à Sharon :

– Vous dansez merveilleusement bien! Quand aurai-je à nouveau l'honneur?

Craignant que Sharon accorde une autre danse au comte, Andrina prit sa sœur par le bras :

– Ma chérie, je crois que nous devons rejoindre lady Evelyn.

A ce moment précis quelqu'un leur demanda :

– Lady Evelyn désire savoir si vous avez des partenaires.

C'était le duc auquel Andrina répondit :

– Nous n'en manquons pas, monsieur! Mais, naturellement, nous attendons que notre hôte nous invite à danser, comme c'est la coutume, je crois.

– Pardonnez-moi! Je respecte très peu l'étiquette, expliqua le duc. Mais si vous...

Andrina comprit qu'il allait l'inviter à danser. Elle poussa doucement sa sœur et répliqua :

– Depuis le début du bal, Sharon espère avoir le plaisir de danser avec vous, monsieur. N'est-ce pas vrai, ma chérie?

Tout en parlant, elle pressa le bras de sa sœur qui, obéissante, confirma.

– Je serais en effet très déçue, monsieur, si je ne dansais pas avec vous.

– Puisque nous parlons de protocole, dit le duc

en souriant – et Andrina comprit qu'il avait parfaitement saisi son stratagème – je vais danser avec mes protégées par ordre d'âge. Je vais donc commencer par vous.

Andrina qui le regardait remarqua son expression cynique : il savait qu'elle n'avait aucune envie de danser avec lui.

– C'est un honneur, monsieur, affirma-t-elle. Mais j'ai déjà promis cette danse.

Tout en disant cela, elle cherchait autour d'elle un visage connu, mais elle ne trouva personne. A ce moment, une voix qu'elle détestait s'exclama :

– Je crois, petite charmeuse, que vous m'avez promis cette danse!

Andrina tressaillit.

Derrière elle se trouvait le comte de Crowhurst, l'homme qu'elle avait pris en horreur dès le premier dîner dansant auquel elle avait assisté. Depuis ce soir-là, elle l'avait aperçu à l'Almack mais il était accompagné de lady Castlereagh et de la princesse Esterhazy. Il l'avait saluée mais sans tenter de l'approcher.

Il avait entendu ce qu'elle venait de dire au duc. Elle ne pouvait donc pas refuser de danser avec lui. De plus, elle obligeait ainsi le duc à danser avec Sharon.

– Vous avez sans doute raison, monsieur, dit-elle. Je me suis tellement embrouillée dans mes partenaires que je ne sais plus où j'en suis.

– Ne vous souciez plus de cela, proféra-t-il. Pensons seulement à nous.

L'orchestre se mit à jouer et Andrina se laissa entraîner dans la danse, sans plus se préoccuper du duc.

Son compagnon était un excellent danseur mais elle le détestait et elle se trouvait malheureuse d'être forcée de danser avec lui. Heureusement ce n'était pas une valse mais un quadrille, ce qui lui épargnait un contact ou des conversations trop intimes.

A la fin de la danse, son partenaire la prit par le bras et la conduisit discrètement jusqu'à une porte-fenêtre. Elle ne prenait pas garde à ce qu'il faisait. Elle était trop préoccupée par Sharon. Elle la cherchait des yeux pour voir si elle dansait toujours avec le duc mais les danseurs étaient si nombreux qu'elle ne la retrouvait pas.

Tout à coup, elle crut voir Cheryl disparaître par une porte du salon, vers le jardin. Cela l'inquiéta. Cheryl ne devait pas quitter la salle de bal en compagnie du marquis! Voulant à tout prix éviter ennuis et commentaires, Andrina se lança à sa poursuite.

Elle était déjà presque au milieu du jardin, le comte de Crowhurst à sa suite, lorsqu'elle s'aperçut de son erreur. La jeune fille qui la devançait s'arrêta avec son partenaire pour contempler la fontaine. Elle portait une robe très semblable à celle de Cheryl, mais ce n'était pas elle!

Andrina en fut soulagée.

Le comte l'avait suivie mais ils n'avaient pas échangé un seul mot. Elle se retourna et le regarda. Elle le voyait très bien à la lumière des lanternes chinoises accrochées aux branches des arbres. Elle le trouva plus désagréable que jamais, avec ses yeux fuyants, ses paupières lourdes, ses lèvres épaisses...

– Chaperonnez-vous toujours vos sœurs avec une telle ardeur? interrogea-t-il.

Andrina se sentit gênée qu'il eût compris le but de sa course.

– Cheryl et Sharon sont très jeunes, monsieur,

répliqua-t-elle. Elles ne sont encore jamais venues à Londres, auparavant. Je dois veiller sur elles. Elles sont trop jolies.

– Et qui veille sur vous, mademoiselle? lui demanda le comte.

– Je peux vous affirmer, monsieur, que je n'ai pas besoin d'un chaperon.

– Je suis heureux de vous l'entendre dire. Venez donc! Il faut que je vous parle.

En disant cela il l'avait prise par la main et l'entraînait vers une petite allée. Absorbée par ses pensées concernant Cheryl, Andrina se laissa faire. Ce n'est qu'arrivée au bout de l'allée, dans un recoin du jardin, qu'elle comprit sa situation. C'était une impasse! On y trouvait un banc, couvert de coussins en soie...

Saisie d'inquiétude, Andrina objecta :

– Je dois retourner au salon tout de suite, monsieur!

– Nous ne sommes pas pressés.

– Mais si, monsieur, moi, je le suis! La danse est déjà commencée et je l'ai promise à un ami.

– Qu'il attende! Je veux vous parler, Andrina. Ici, personne ne nous dérangera.

Il l'avait appelée par son prénom et Andrina lui signifia, avec réprobation :

– Nous ne nous rencontrons que pour la seconde fois, monsieur!

Il comprit ce qu'elle voulait dire et répliqua :

– Je vais justement vous parler de cela. Asseyons-nous.

Il lui barrait le passage. Elle jugea qu'il serait ridicule de faire une scène et s'assit sur les coussins.

– Je voulais justement éviter que Cheryl se

retrouve dans un endroit comme celui-ci, monsieur.

– Cheryl est très jeune, vous me l'avez dit vous-même. Mais vous, vous savez ce que vous faites!

Andrina espérait se sortir une nouvelle fois de cette périlleuse situation... Le comte s'était assis plus près d'elle qu'il n'était nécessaire. Sous les douces lumières, il lui semblait encore plus répugnant. Rien qu'à l'entendre, elle éprouvait un irrépressible dégoût.

– Vous êtes très belle, Andrina, affirma-t-il d'une voix mielleuse.

– Je vous ai déjà spécifié, monsieur, que nous nous connaissons à peine. Appelez-moi mademoiselle Maldon ou, si vous préférez, mademoiselle Andrina!

– Je désire m'adresser à vous de maintes façons. Mais, aucune d'elles ne commence par « mademoiselle ».

Il s'approcha davantage encore de la jeune fille.

– Il faut que je retourne au salon, annonça-t-elle fermement. Que vouliez-vous donc me dire, monsieur?

– Je veux vous dire que je vous trouve délicieuse, séduisante, merveilleuse, et que je crois – non, j'en suis sûr – que je vous aime éperdument!...

– C'est ridicule, monsieur, et vous le savez très bien! Le coup de foudre n'existe que dans les romans.

– Mais sachez qu'une exception suffit pour confirmer la règle. Dès l'instant où je vous ai vue, j'ai compris que nous étions faits l'un pour l'autre.

Andrina était tendue à l'extrême.

– Excusez-moi, monsieur... Je ne peux rester plus longtemps. Je vous prie d'oublier ce que vous venez de me dire. Je vous assure que je ne vous prends pas au sérieux.

– Je vous convaincrai que je le suis, protesta le comte. Même très sérieux, Andrina!

Il entoura la taille de la jeune fille de son bras. Andrina lui tourna le dos et l'avertit d'une voix calme et froide :

– Ne me touchez pas, monsieur! Si vous me touchez, je crierai! Ce serait très embarrassant!

– Je doute que quelqu'un vous entende, dit le comte avec un sourire. Et si quelqu'un vous entendait et venait à votre secours, pensez aux commentaires que cela causerait!

Andrina vit qu'il ne craignait nullement d'aggraver la situation. Il fallait mettre un terme à cette discussion. Elle tenta de se lever, sans y parvenir. Le bras du comte l'entourait fermement et l'attirait vers lui; il prit la main d'Andrina dans la sienne.

– Je vous l'ai déjà dit, Andrina, je vous trouve ravissante! Vous me troublez!

Et il se pencha. Ses lèvres touchèrent les épaules nues de la jeune fille et pressèrent la peau satinée avec insistance.

Il l'avait prise par surprise, car elle lui tournait le dos. Ecœurée de sentir ces lèvres chaudes et avides sur ses épaules, elle tenta encore une fois de se libérer mais il était plus fort qu'elle. Il l'attirait vers lui et ses lèvres se promenaient maintenant sur le cou d'Andrina.

– Non!... Non! se mit-elle à crier.

Ses baisers devenaient de plus en plus passionnés. Elle était prise de panique à l'idée qu'il l'embrassât sur la bouche. Elle détourna son visage mais ne put bouger ses bras. Enfin, la peur fut la plus forte. Luttant furieusement, Andrina parvint à se dégager.

Le comte essaya de la retenir par sa robe mais elle lui échappa et se mit à courir comme une folle vers la maison.

L'orchestre jouait toujours. Il y avait très peu de monde dans le jardin. Andrina regardait fixement les lumières des fenêtres jusqu'au moment où, arrivée à la terrasse, elle se heurta à quelqu'un.

C'était un homme. Il s'était mis délibérément sur son chemin. Levant les yeux, elle vit que c'était le duc.

Elle était à bout de souffle. Leur collision avait été violente et Andrina faillit perdre l'équilibre. Il l'empêcha de tomber.

– Que faisiez-vous? demanda le duc avec dureté. Peut-être est-il inutile de vous poser une telle question?

Embarrassée, Andrina répondit :

– Je croyais être en retard pour la danse, monsieur!

– Ah, ne me racontez pas d'histoires! Vous étiez avec Crowhurst! S'il vous a effrayée, vous l'avez bien cherché!

Elle n'avait rien à répondre. Elle luttait de toutes ses forces pour se contrôler. Le duc ne la soutenait plus, mais elle n'avait pas tout à fait retrouvé son équilibre. Elle voulait retourner au salon mais ne pouvait bouger.

– Etes-vous donc écervelée? Ne savez-vous pas comment vous comporter? Pourquoi êtes-vous allée dans le jardin avec un homme comme celui-là?

La voix du duc était tranchante.

– Je n'ai pas pensé... bégaya-t-elle après un moment.

– Vous ne pensez jamais, ou alors vous avez une prédilection pour les rencontres avec des inconnus!

– C'est injuste, monsieur! protesta Andrina, blessée par cette insinuation méprisante.

– Injuste? s'emporta le duc. Si vous préférez cette étiquette, vous êtes absolument stupide! Ce n'est pas ce qu'on attendrait de quelqu'un qui se prétend la protectrice de ses jeunes sœurs!

– Si j'étais dans le jardin, monsieur, c'est parce que j'ai cru voir Cheryl y aller..., expliqua Andrina.

Elle tenait à ce qu'il sût qu'elle n'avait pas délibérément cherché à se retrouver seule avec le comte.

– Votre comportement est vraiment inattendu. Vous vous inquiétez de vos sœurs, au lieu de leur donner le bon exemple en vous comportant vous-même comme il faut! Voyons, Andrina! Vous ne me ferez pas croire que vous êtes à ce point inexpérimentée! Vous savez bien que lorsqu'un homme du genre de Crowhurst emmène une jeune fille au fond du jardin, ce n'est pas pour contempler les étoiles.

Il s'arrêta, puis reprit, sévère :

– Il vous a effrayée et choquée cette fois-ci. Peut-être cela vous servira-t-il de leçon et serez-vous plus prudente la prochaine fois?

– Comment osez-vous me parler ainsi! s'emporta Andrina furieuse d'être indûment accusée par le duc.

– Vous semblez oublier, répliqua-t-il d'un ton glacial, que c'est vous qui avez insisté sur le fait que nous sommes parents. Par conséquent, il me semble que je ne peux pas rester indifférent à l'égard de ma soi-disant cousine lorsqu'elle se comporte d'une manière, pour le moins, répréhensible!

– Je vous déteste! lança-t-elle sans réfléchir.

Levant les yeux, le duc annonça :

– Je vois que votre ardent admirateur s'approche... Je vous conseille de rajuster votre guirlande. Retournons au salon dignement.

Andrina arrangea ses cheveux et la guirlande de fleurs, puis elle avança vers la maison, s'efforçant de marcher avec grâce et fierté. Elle voyait bien que le duc fronçait les sourcils et qu'il était fâché contre elle.

Elle le détestait! Sans pouvoir s'empêcher de lui être reconnaissante de la sauver du comte de Crowhurst.

Plus tard, dans la soirée, Andrina s'aperçut que le duc et le comte de Crowhurst lui avaient gâché le bal.

Au prix d'un grand effort, elle avait pu danser, rire et se rendre aimable à quelques personnes. Elle avait accepté avec grâce les éloges du Prince-Régent qui lui avait fait une cour discrète et délicate, à sa façon. Néanmoins, elle avait été malheureuse toute la soirée. La gaieté et le charme de la fête s'étaient volatilisés.

Les exclamations de joie de Cheryl et Sharon, à l'aube, après le départ du dernier invité, furent sa seule consolation. Pour elles, le bal s'était révélé le meilleur moment de leur vie!

– J'ai toujours rêvé d'un bal comme celui-là, dit Sharon. Mais je n'aurais jamais cru que je participerais à une telle soirée. Si quelqu'un m'avait dit, même il y a un mois, qu'un tel bal serait donné en notre honneur je ne l'aurais pas cru. J'aurais pensé que c'était un rêve.

– Nous pouvons être fiers d'elles, n'est-ce pas, Tancred? demanda lady Evelyn.

– Certainement. Tout le monde m'a dit que j'étais ou très intelligent ou très chanceux d'avoir trouvé des protégées aussi séduisantes et bien élevées...

Sharon et Cheryl étaient ravies d'entendre les paroles du duc, mais Andrina savait qu'il se moquait délibérément d'elle.

– Maintenant il faut vous coucher, mes enfants, dit lady Evelyn. Je ne veux pas que vous soyez pâles et fatiguées ce soir. Nous avons une autre réception cet après-midi.

– C'est merveilleux! s'exclama Sharon.

Cheryl fit une révérence à lady Evelyn puis au duc et se dirigea vers l'escalier. Andrina la suivit, la prit par le bras et lui dit avec douceur :

– As-tu été heureuse, ma chérie?

– Quelle soirée merveilleuse! lui assura Cheryl.

– J'ai vu que tu dansais souvent avec le marquis. Te plaît-il?

– Il a été très gentil.

Andrina comprit que Cheryl ne tenait pas à en parler. Elle accompagna donc sa sœur jusqu'à la porte de sa chambre où une femme de chambre l'attendait pour l'aider à se déshabiller, puis elle alla retrouver Sharon.

Celle-ci valsait toute seule dans la chambre.

– Oh! Andrina s'exclama-t-elle, personne ne pouvait avoir une soirée plus belle, plus parfaite, plus fabuleuse!

– As-tu dansé avec le duc? demanda Andrina.

Sharon s'arrêta de tourner et se dirigea vers sa coiffeuse.

– Bien sûr! J'ai fait ce que tu m'avais demandé.

– De quoi as-tu parlé avec lui?

Sharon ne répondit rien. Après un moment, Andrina dit :

– Tu sais ce que je souhaite, n'est-ce pas? C'est un homme très difficile, mais s'il y a quelqu'un qui puisse le charmer et faire de lui un excellent mari, c'est bien toi!

Sharon se taisait toujours. Finalement, elle se décida à parler.

– Crois-tu vraiment que je serais heureuse en devenant duchesse?

– J'en suis tout à fait sûre, répondit vivement Andrina. Tu aurais tout, ma chérie! Cette magnifique maison, tous les bijoux que nous avons vus hier; et aussi toutes les autres propriétés du duc : sa maison de campagne dont papa aimait tant parler, un pavillon de chasse à Leicester, la maison de Newmarket où il se rend pour les courses, etc.

Andrina fit une courte pause, avant d'ajouter :

– Je n'ai jamais vu Cheryl aussi gaie que ce soir en compagnie du marquis. Ce serait vraiment sensationnel si vous deveniez toutes les deux duchesses!

– Je n'ai pas trouvé le duc tellement amusant, objecta Sharon, un peu hésitante.

– Il faut que tu le charmes; tu dois le fasciner, Sharon! Après tout, s'il avait été moins difficile, il ne serait plus libre. Pense à toutes les femmes qui doivent rêver de devenir duchesse de Broxbourne! Mais aucune n'est aussi belle que toi!

Sharon bâilla et annonça :

– Je suis fatiguée, Andrina.

– Il est bien naturel que tu sois fatiguée! Pardonne-moi ce bavardage. Couche-toi, ma chérie. Nous avons beaucoup de choses à faire tout à l'heure. Mais souviens-toi, Sharon, il nous reste très peu de temps!

Lorsqu'elle se trouva seule dans sa propre chambre, Andrina se rendit à la fenêtre et ouvrit les rideaux.

Le jour se levait. Le soleil pâle montait dans le ciel, jetant des reflets dorés sur les toits et les vitres des maisons lointaines.

– Tellement peu de temps... murmura-t-elle. Tellement peu de temps pour marier Cheryl avec le marquis et Sharon avec le duc.

La conquête du duc ne serait pas facile. Mais Andrina était décidée à tout faire pour l'avenir de ses sœurs. C'est dans cette intention qu'elle était venue à Londres. C'est pour cette unique raison qu'elle avait sacrifié son orgueil et imploré le duc, le forçant à s'occuper d'elles.

Elle n'oublierait pas de sitôt cette voix dure, méprisante...

– Comment a-t-il pu se montrer si cruel? s'interrogea-t-elle à voix haute. Il me méprise. Et il ne cesse de me répéter que je suis écervelée, stupide, dépourvue de principes...

Tous ces reproches irritaient profondément Andrina. Mais elle devait admettre qu'il avait eu raison la veille.

Elle avait été folle de permettre au comte de l'emmener dans un aussi sombre recoin. En premier lieu, elle n'aurait pas dû consentir à le laisser la suivre en dehors du salon. Et, au fond, même si cette jeune femme avait été Cheryl, ne devait-elle pas la laisser se débrouiller toute seule? Il lui fallait bien s'avouer qu'il lui arrivait de se montrer un peu écervelée.

– Enfin! Elle ne subirait plus bien longtemps les insultes et les insinuations du duc. Cette idée la consola. Cheryl et Sharon mariées, elle retournerait à Cheshire.

Elle tenait pourtant à prouver au duc qu'il se trompait à son sujet. Elle voulait qu'il s'excuse, et pour ses paroles malveillantes et pour son comportement lors de leur première rencontre.

Mais comment faire pour qu'il la respecte? Et

comment trouverait-elle la réponse à cette question?

Andrina se leva la première alors que tout le monde faisait encore la grasse matinée. Elle descendit et trouva le vestibule rempli de fleurs magnifiques. Il y avait des bouquets, des corbeilles, des vases, pour Cheryl, pour Sharon, et même quelques-uns pour elle. Ses compagnons de table lui avaient offert deux très beaux bouquets. Les autres venaient de quelques jeunes gens déjà oubliés.

En découvrant une superbe corbeille d'orchidées, elle reconnut le donateur avant même d'ouvrir l'enveloppe.

Elle y jeta un rapide coup d'œil. L'écriture du comte lui ressemblait, inégale, désordonnée, sinistre même.

« Pour Andrina qui a captivé mon cœur et mon esprit. »

Andrina déchira le mot et le jeta à la corbeille.

Pourquoi donc faut-il que le seul homme de Londres que je méprise me poursuive? se demanda-t-elle, mélancolique.

– Le monceau de fleurs que vous avez reçues toutes les trois confirme l'importance de votre succès, affirma lady Evelyn quand elle descendit, avant le déjeuner. Mais les fleurs meurent très vite. Ce dont vous avez besoin c'est de quelque chose de durable.

– Et quoi donc, madame? s'enquit Cheryl.

– Une bague de fiançailles, mon enfant! De préférence en diamants!

– Ah! Une bague de fiançailles, madame? répéta Cheryl.

Le ton de sa voix intrigua Andrina. Elle se demanda si le marquis lui avait parlé de quelque chose d'approchant, la veille. Andrina qui ne voulait pas faire pression sur sa sœur, eut l'impression très nette que Cheryl commençait à penser au mariage. L'imaginer mariée au marquis lui fut d'un grand réconfort.

Tout de suite après le déjeuner, Sharon retira les cartes de visite des bouquets qu'elle avait reçus et les rangea dans un petit sac en satin qu'elle portait sous son bras.

– Ne voulez-vous pas me dire le nom de vos admirateurs? demanda lady Evelyn.

– Je suis trop fatiguée pour penser à eux maintenant, madame, répondit Sharon dont la voix n'accusait pas le moins du monde la fatigue. Plus tard, dans l'après-midi, je leur écrirai un petit mot pour les remercier.

– Je crois que nous pouvons oublier les mots de remerciement pour aujourd'hui, assura lady Evelyn. Allons nous promener dans le parc!

– Quelle excellente idée, madame! s'exclama Andrina. Mais tout d'abord je dois rendre à M. Robson les bijoux que nous avons portés hier soir.

Les broches que Sharon avait fixées dans ses cheveux et le collier de perles qui avait orné le joli cou de Cheryl dûment replacés dans leurs boîtes respectives, elle alla trouver M. Robson dans son bureau.

– Merci beaucoup, mademoiselle Andrina, dit-il en prenant les bijoux. Vous êtes bien aimable de me les rapporter si promptement. Je vous avoue que je suis toujours un peu inquiet quand ces trésors ne sont pas sous clef. Le duc me fait confiance, mais, en cas de perte, je serais le seul responsable.

– Je vous comprends très bien, monsieur, assura Andrina en souriant.

– Puis-je vous dire combien vous étiez belle hier

soir, mademoiselle Andrina? Je vous regardais danser et je me disais que vous aviez tout à fait raison de ne porter aucun bijou. L'éclat de vos yeux les aurait ternis.

Etant donné l'âge respectable de M. Robson, ce compliment ne fit pas rougir Andrina.

– Vous êtes très aimable, monsieur Robson. Je ne croyais pas que l'on pût me remarquer lorsque mes sœurs étaient là. Mais tout le monde a été très charmant avec moi.

A l'exception du duc! se dit-elle, par-devers elle.

Il ne lui avait fait aucun compliment. Bien au contraire, il l'avait accablée de réflexions désagréables.

Elle bavarda un moment avec M. Robson au sujet des autres invités. Il lui dit qu'il admirait beaucoup lady Cowper et que tous ceux qui travaillaient pour elle l'adoraient.

Laissant M. Robson, Andrina alla rejoindre lady Evelyn dans le salon qu'elle trouva déserté par ses sœurs.

– Où sont Cheryl et Sharon, madame? Sont-elles montées s'habiller pour la promenade?

– Elles sont déjà parties, répondit lady Evelyn.

– Parties, madame? s'enquit Andrina, étonnée.

– Mais oui. Le marquis de Glen est venu chercher Cheryl. Apparemment, ils s'étaient mis d'accord hier soir.

– Et vous avez permis qu'elle parte seule avec lui, madame?

– Sa voiture n'avait de place que pour deux personnes. Je ne pouvais pas me mettre sur les genoux du cocher et Cheryl ne pouvait pas s'asseoir sur les miens.

Lady Evelyn souriait en ajoutant :

– Débarrassez-vous de cet air de poule qui a

perdu ses poussins, Andrina! Cheryl et Sharon ne courent aucun danger, je vous l'assure. Il est parfaitement correct que des jeunes filles se promènent l'après-midi, pourvu qu'elles restent dans les allées fréquentées de Hyde Park.

– Et avec qui est partie Sharon, madame?

En posant cette question Andrina savait d'avance quelle serait la réponse.

– Avec le beau comte Ivan, naturellement! J'ai remarqué hier soir qu'il était très épris de Sharon. C'est un des hommes les plus séduisants que j'aie jamais vu.

– Il ne convient pas du tout à Sharon, madame, coupa Andrina sèchement. J'espère que vous n'encouragez pas cette relation. J'ai remarqué qu'elle dansait trop avec lui, hier soir.

Lady Evelyn resta silencieuse. Après un petit moment, Andrina reprit :

– Vous m'avez dit vous-même, madame, qu'il était à la recherche d'une riche héritière. Il vaudrait mieux le prévenir que Sharon ne possède pas un sou avant que les choses n'aillent plus loin.

Lady Evelyn sourit, pensive.

– Vous parlez comme ma mère. Elle disait exactement cela quand j'étais jeune. J'ai pourtant épousé mon mari et il m'a rendue très heureuse!

Remarquant l'expression d'Andrina, elle ajouta :

– Devenu ambassadeur, sa carrière fut jonchée de succès. Mais il n'était pas du tout important et n'avait aucune influence au moment où je l'ai connu. Rien ne semblait indiquer que le service diplomatique lui conviendrait, à part son aptitude pour les langues et son intelligence.

– Je veux que Sharon se marie très bien, madame! insista Andrina. Je ne crois pas que le comte

Ivan Birkendorff soit le genre de mari que nous souhaitons pour elle.

– Vous savez certainement ce que vous voulez, Andrina. Mais n'oubliez pas que le duc aura le dernier mot.

– Et pourquoi donc, madame? C'est à moi de m'occuper de mes sœurs!

– Vous vous trompez, mon enfant, répliqua lady Evelyn. Nous avons annoncé à tout le monde que vous êtes les protégées du duc, n'est-ce pas? Par conséquent, tout jeune homme voulant offrir sa main et son cœur à l'une de vous doit, tout d'abord, obtenir la permission de votre tuteur. Vous semblez oublier que vous avez toutes les trois moins de vingt et un ans.

– J'avais cru que cela n'aurait aucune importance!

Lady Evelyn protesta d'un mouvement de tête.

– N'importe quel jeune homme préférera éviter un faux pas, surtout à l'égard d'une personnalité comme le duc de Broxbourne. Nous savons, vous et moi, que le duc peut être très despotique lorsque cela lui plaît. Je suis certaine qu'il montrera la porte à tout prétendant qu'il n'agréera pas.

– Faut-il que je lui en parle? demanda Andrina d'une voix hésitante.

– Je crois que vous constaterez bientôt qu'il est votre meilleur défenseur. Mais je suis sûre qu'il a des idées bien précises sur ce sujet.

– C'est tout à fait certain! confirma Andrina, remplie d'amertume au souvenir de ce que le duc lui avait signifié la veille.

– Je continue à penser que vous l'avez charmé, reprit lady Evelyn. Il y a tant d'années qu'on n'avait pas donné un bal à Broxbourne House! Il ne recevait plus que ses amis intimes. (Elle sourit.)

Quand je pense à quel point il aime entretenir sa réputation d'homme difficile et inhospitalier, je n'en reviens pas en voyant ce qui se passe en ce moment...

– Le bal a été très beau, articula Andrina sans la moindre conviction.

– J'ai vu que vous dansiez avec le comte de Crowhurst. Ce serait une chose étonnante si vous arriviez à l'avoir.

– Je vous en prie, madame! protesta Andrina avec véhémence. Je vous assure qu'il ne s'intéresse pas plus à moi que je ne m'intéresse à lui!

Andrina se dirigea vers la porte sans remarquer le sourire entendu de lady Evelyn.

5

Andrina trouva très ennuyeuse la réception donnée par les amies de lady Evelyn. Elles étaient toutes très aimables mais leur curiosité insatiable au sujet du duc, de sa façon de vivre et de tout ce qui le concernait, l'agaça. On aurait dit qu'elles ne s'étaient réunies que pour parler de lui.

Evidemment, le duc avait fait sensation en donnant ce bal après tant d'années. La grande question était déjà pour tout le monde laquelle des trois protégées deviendrait la duchesse de Broxbourne.

Andrina espérait que Sharon avait suivi ses conseils. Avait-elle fait la conquête du duc? Andrina en venait à se demander si Sharon n'était pas trop jeune pour le duc... En outre, elle ne voyait guère la possibilité d'une union entre ce dernier et Cheryl, à peine plus âgée que sa sœur.

Tout au long du retour à Broxbourne, dans la belle et confortable voiture de son hôte, Andrina écouta distraitement ce que lady Evelyn lui racontait. Elle ne cessait de penser à ses cadettes.

Le marquis avait-il demandé Cheryl en mariage? Il avait marqué nettement son intérêt pour elle la veille, au bal, et aujourd'hui encore, en l'invitant à cette promenade dans le parc. Heureuse, Andrina sourit. Mais la pensée de Sharon sortie en compagnie du comte Ivan lui fit froncer les sourcils.

– Vous êtes bien silencieuse, remarqua lady Evelyn qui avait pris conscience du manque d'intérêt de la jeune fille.

– Excusez-moi, madame, si je vous semble distraite. Je pensais à Cheryl et à Sharon; je me demandais si elles étaient déjà rentrées.

– Sans doute. Elles doivent être au salon pour le thé.

Lady Evelyn s'était trompée. Il n'y avait personne au salon lorsque Andrina, à leur retour, y entra. Ni l'une ni l'autre de ses sœurs n'était rentrée.

– Comment cela se fait-il? s'exclama-t-elle, désappointée.

– Voyons, Andrina, le temps n'existe pas pour les amoureux, lança lady Evelyn, en montant l'escalier pour aller se changer.

Andrina s'apprêtait à la suivre lorsque le maître d'hôtel s'approcha d'elle.

– Mademoiselle, monsieur le duc désire vous voir, l'informa-t-il. Il vous attend dans la bibliothèque.

Andrina sursauta. Plongée dans ses pensées, elle ne s'attendait pas à une telle invitation. Surprise et inquiète, elle se demanda si le duc était toujours aussi fâché.

Au souvenir de leur rencontre dans le jardin et de

tout ce qu'il lui avait dit alors, Andrina fut assaillie de craintes et d'appréhensions. Et s'il avait décidé de ne plus s'occuper d'elles? Et s'il voulait tout simplement les renvoyer à Manor House?

Elle s'efforçait de ne pas s'alarmer avant d'apprendre pourquoi il voulait la voir. S'il s'en était pris à elle, Cheryl et Sharon n'y étaient pour rien. Il ne serait tout de même pas injuste à ce point, tentait-elle de se convaincre, sans trop savoir sur quoi reposait sa fragile assurance.

En fait, elle ne connaissait pas le duc. Elle ne savait rien de lui, sinon qu'il aimait commander, qu'il était autoritaire et parfois même exaspérant.

Elle avait l'impression qu'il désapprouvait systématiquement ce qu'elle disait ou faisait. Elle fit un effort sur elle-même et décida fièrement que l'opinion de cet homme lui importait peu. Dès que Cheryl et Sharon seraient mariées, elle partirait et ne le verrait plus jamais.

Elle ne pouvait le faire attendre davantage. Après s'être défait de son bonnet et de sa pelisse en soie, elle les tendit au maître d'hôtel et, la tête haute, s'avança dans le couloir de la bibliothèque. Un laquais lui ouvrit la porte.

Le duc était assis à son bureau. Il se leva lentement puis se rassit en lui désignant la chaise qui faisait face au bureau.

Andrina le trouva plus moqueur et méprisant que jamais. Elle remarqua aussi qu'il semblait toujours mécontent. Elle en fut épouvantée mais, ne voulant à aucun prix paraître intimidée par lui, elle parla la première.

– Avant tout, monsieur, laissez-moi vous remercier pour ce que vous avez fait pour nous. Je ne saurai jamais assez vous dire combien je vous suis reconnaissante d'avoir donné ce bal grandiose en notre honneur.

Elle se tut. Le duc, lui aussi, garda le silence, la forçant à reprendre :

– Tous vos invités s'accordent à dire que, de leur vie, ils n'avaient vu fête aussi belle. Selon eux, Broxbourne House n'avait jamais été aussi magnifique!

Le duc continuait à garder le silence. Mal à l'aise, Andrina murmura presque :

– Pourquoi désirez-vous me voir, monsieur?

– Je veux vous féliciter, Andrina. Vous êtes plus rusée que je ne le croyais.

– Pourquoi dites-vous cela, monsieur?

– Ne faites pas l'innocente! répliqua-t-il, sarcastique. Je vais rafraîchir votre mémoire en vous informant que votre « ardent admirateur » est venu vous voir après votre départ en promenade.

– Je ne vois pas de qui vous parlez, monsieur.

– Comme je vous l'ai déjà dit, je tiens à vous féliciter, Andrina! Du point de vue de la bonne société, ce sera un mariage parfait. Vous serez en mesure d'aider vos sœurs, comme vous n'avez jamais pu le faire dans le passé.

Andrina fixa le duc. Puis elle articula, d'une voix à peine audible :

– Que voulez-vous dire, monsieur?

– Que le comte de Crowhurst vous a demandée en mariage et qu'en tant que tuteur je lui ai donné mon consentement.

Andrina crut que son cœur allait s'arrêter de battre; elle était presque paralysée.

Puis, elle se leva et s'avança vers la fenêtre où elle s'immobilisa dans la contemplation du jardin baigné de soleil.

– Vous avez atteint votre objectif. Crowhurst est

un parti exceptionnel. Ma cousine Evelyn pourra vous donner l'état de sa fortune mieux que moi.

Andrina ne bougea pas. Elle avait été écœurée, la veille, lorsque cet homme l'avait embrassée par force. Elle avait réussi à lui échapper, dans un sursaut d'énergie issu de sa terreur.

Avant de se coucher, elle avait éprouvé le besoin de prendre un bain et de se frotter énergiquement au savon pour se purifier des ignobles baisers. Malgré tout cela, jusque dans son lit, elle croyait encore sentir le contact de ces lèvres sur ses épaules et sur son cou. Cet homme lui répugnait!

Elle détestait le duc et le lui avait dit, mais ses sentiments envers lui étaient complètement différents de ceux qu'elle ressentait pour le comte.

Certes, elle avait, avec le duc, des affrontements terribles, mais ce qu'elle éprouvait à l'égard du comte était d'une tout autre nature. C'était une antipathie viscérale. Tout en cet homme lui déplaisait. Sa vulgarité et sa grossièreté lui étaient absolument insupportables.

– J'attends, Andrina!

La jeune fille se retourna.

– Je vous en prie, monsieur, parvint-elle à articuler, je ne peux pas l'épouser...

Il y eut un silence. Le duc reprit :

– Vous ai-je bien entendue, Andrina? Vous refusez de vous marier avec le comte de Crowhurst?

– Je ne peux pas l'épouser, monsieur, répéta-t-elle, et sa voix s'étranglait dans sa gorge.

Le duc se leva et se dirigea vers la cheminée.

– Je suis votre tuteur et il est de mon devoir de vous signaler les avantages que ce mariage vous apporterait.

Andrina allait se retourner vers le jardin lorsqu'il lui lança sévèrement :

– Ecoutez-moi, Andrina! Venez vous asseoir!

Andrina obéit avec réticence. Elle prit une chaise et s'installa à côté de la cheminée, près de son hôte qui resta debout, lui donnant l'impression d'être encore plus grand que d'habitude.

Andrina tenta de se calmer puisqu'il lui fallait obéir au duc. Elle croisa ses mains sur ses genoux et attendit.

– Le comte est non seulement un homme très riche, mais il est, de plus, accepté dans tous les cercles. Il est connu dans le monde des sports et son écurie est une des meilleures de Londres. D'autre part, et, aux yeux d'une femme, cela doit paraître important, il est amoureux de vous. Il m'a parlé de vous d'une manière lyrique...

Le duc prononça ces derniers mots sur un ton tellement sarcastique qu'Andrina sursauta. Apparemment, le duc ne partageait pas les opinions du comte.

– Vous êtes venue à Londres pour trouver un mari, insista-t-il.

Andrina fit un geste de protestation, mais il continua sans la laisser parler.

– Bien sûr! Je sais que vos sœurs étaient le prétexte. Vous vouliez faire croire que vous ne pensiez qu'à elles mais je suis sûr que vous espériez voir un homme s'intéresser à vous. Andrina, vous avez cueilli la pêche la plus mûre, celle du sommet de l'arbre!

Le ton mordant de son hôte résonnait comme une gifle aux oreilles d'Andrina. Ses mains se tordaient si fort que ses doigts en devenaient blancs.

– Ce n'est pas la peine d'insister, monsieur, articula-t-elle posément. Je connais tous les avantages. Je sais que je pourrais aider Cheryl et Sharon, mais je ne peux pas épouser le comte! Non! Je ne peux pas...

Et elle éclata en sanglots. Le silence s'établit de part et d'autre et c'est d'une autre voix que le duc demanda :

– Pouvez-vous me donner la raison de ce refus?

– Je... ne l'aime pas, monsieur!

– Vous parlez d'amour? se récria le duc d'une voix qui semblait résonner dans toute la bibliothèque. Vous parlez d'amour, Andrina? C'est bien la première fois que vous prononcez ce mot, que vous parlez de cette éphémère émotion. Je croyais que vous ne pensiez qu'à la situation sociale, aux titres et aux couronnes pour votre jolie tête! Tout cela va rarement de pair avec l'amour!

Il avait raison, dut s'avouer Andrina. Elle avait été tellement préoccupée par sa recherche de la meilleure solution pour ses sœurs qu'elle avait presque oublié que le mariage n'était pas seulement la maison où l'on habite, le nom que l'on porte ou la position sociale que l'on acquiert. Le mariage, c'était aussi un homme avec qui vivre et s'accorder.

Sans amour, comment supporter la vie conjugale et son intimité?

Le duc interrompit ses réflexions :

– Pouvez-vous m'expliquer ce changement soudain dans vos aspirations? Seriez-vous par hasard amoureuse de quelqu'un?

– Non! Non, monsieur! Bien sûr que non! C'est que je sais que je... ne pourrais pas épouser... le comte! Même s'il était le dernier homme vivant!

Elle s'était exprimée avec passion. Son hôte la regarda dans les yeux et lui dit tranquillement :

– Parfois l'amour vient après le mariage. Vous connaissez à peine le comte.

– Je le trouve répugnant! Il y a quelque chose en lui qui m'effraie. Je ne pourrais pas lui permettre de... me toucher à nouveau!

– Il vous a touchée?

La question était incisive.

– Il a posé ses lèvres sur mon épaule et... mon cou, murmura Andrina. J'ai eu affreusement peur de ne pas pouvoir m'échapper...

Le duc perçut la terreur dans sa voix et lui dit sèchement :

– Vous avez très bien réussi à m'échapper!

– Ce n'est pas du tout la même chose!

– Pourquoi?

Elle ne le savait pas elle-même. Comment aurait-elle pu le dire? Elle réalisait qu'elle n'avait pas été effrayée par l'étreinte du duc... Elle s'était rebellée contre son audace. Il l'avait surprise. Et elle jugeait que c'était déplacé. Mais elle n'avait pas éprouvé de répugnance au contact de ses lèvres.

La sensation étrange qu'elle avait éprouvée lui revint en mémoire, une sensation qu'elle n'avait jamais ressentie jusque-là. Certainement pas du dégoût, mais tout autre chose qu'elle ne savait pas nommer.

Andrina se leva et dit d'une voix calme et claire :

– Monsieur, je vous prie de remercier le comte de Crowhurst de ma part, et de lui dire que je ne peux pas accepter son offre.

– Êtes-vous sûre de trouver mieux? Ne croyez-vous pas qu'il serait préférable d'accepter? Êtes-vous sûre de ce que vous dites, Andrina?

– J'en suis absolument sûre, monsieur! D'ailleurs, ajouta-t-elle véhémente, je préférerais rester célibataire jusqu'à la fin de mes jours plutôt que de vivre avec un homme pareil!

– C'est entendu, accepta le duc. Je vais envoyer

un mot au comte et je veillerai à ce qu'il ne vous importune plus.

– Merci, monsieur! Merci infiniment! Je ne supporterais pas de le rencontrer de nouveau!

– Je ne peux pas vous promettre cela en toute certitude, mais en tout cas, dans cette maison, il ne vous dérangera plus. Un conseil : si vous le rencontrez chez quelqu'un d'autre, n'allez pas dans le jardin avec lui.

Andrina rougit.

– Il n'était pas nécessaire d'ajouter cela, monsieur!

– Parfois vous semblez avoir la mémoire courte, Andrina.

Elle allait le quitter, mais se rappela qu'elle voulait lui parler de Sharon.

– Je voulais vous dire, monsieur, que je ne suis pas du tout satisfaite de voir le comte Ivan Birkendorff faire des avances à Sharon. Je ne le considère pas comme un mari possible pour elle. Je vous serais reconnaissante de lui faire savoir qu'il ne doit rien attendre.

– Sharon vous a-t-elle demandé de me parler à ce sujet?

– Non, monsieur! Bien sûr que non! répondit Andrina. Sharon est très jeune et impétueuse et le comte est charmant, mais il ne faut pas qu'elle perde son temps avec lui.

– S'il ne souhaite que s'amuser avec elle, vous avez raison, acquiesça le duc.

– Nous n'avons pas de temps à perdre, dit Andrina, sérieuse. Et vous le savez bien, monsieur! Quand nous n'aurons plus d'argent nous devrons rentrer à Manor House. Je tiens à ce que Cheryl et Sharon se marient!

– Je constate que vous vous consacrez entièrement à cette cause...

Le duc se moquait d'elle. Irritée, elle lui lança :

– Cela vous amuse peut-être, monsieur. Mais le bonheur de Cheryl et Sharon dépend des événements de ces quelques semaines. Elles sont toutes les deux insouciantes et guère prévoyantes. Il me faut penser à tout!

– Et pourtant, vous n'êtes pas prête à vous sacrifier pour elles...

Andrina leva les yeux et il comprit à quel point elle était préoccupée.

– Je sais que je devrais faire cela... mais... je ne peux pas!

– Pardonnez-moi, Andrina, se reprit-il de façon inattendue. Vous avez pris votre décision. Je ne devais pas insister. Oubliez cela et cessez de vous inquiéter outre mesure pour vos sœurs. Profitez de vos succès le plus possible. Le temps fera le reste.

– C'est tout à fait la philosophie d'un joueur, monsieur!

– Ayez l'espoir du joueur! La carte qu'il vous faut apparaîtra! dit-il en souriant. (Il n'avait jamais été si gentil!) Laissez-moi faire! Je m'occupe de tout! Vous n'êtes qu'une petite fille! Faites-moi confiance et j'aurai raison de toutes vos difficultés.

– Je ne demande que cela! assura Andrina, surprise de s'entendre parler ainsi. Je vous prie de m'excuser, monsieur. Je me suis mal comportée hier soir. Vous avez été si bon... J'ai honte de vous avoir contrarié.

Il sourit à nouveau.

– Vous avez agi de façon insolite, Andrina! Mais... ainsi sont les femmes!

Sur le coup, Andrina ne comprit pas ce qu'il

voulait dire, mais elle y repensa après l'avoir quitté.

Cheryl était rentrée et enlevait son bonnet.

– Tu es très en retard, Cheryl!

– Il faisait si beau dans le parc, répondit la jeune fille d'une voix rêveuse. Nous avons regardé les cygnes dans les bassins.

– Et de quoi avez-vous parlé?

– Oh! De beaucoup de choses...

Andrina avait souhaité connaître les détails, mais Cheryl avait sonné pour appeler sa femme de chambre et celle-ci s'empressa d'arriver, forçant les deux sœurs à changer de conversation.

Andrina alla retrouver Sharon qui tenait compagnie à lady Evelyn et évita de se retrouver seule avec sa sœur aînée. Andrina se prit à espérer que le duc parviendrait, comme promis, à éloigner Sharon du prétendant indésirable.

Le comte était très beau et passait également pour être intelligent. C'était tout naturel que Sharon fût séduite par sa belle apparence et par le charme slave, inconnu des gentlemen anglais!

Elle l'oubliera bientôt, se dit Andrina. Demain je lui parlerai à nouveau du duc. Cela ne donnera peut-être rien, mais enfin, de nombreux jeunes gens lui ont envoyé des fleurs et une petite foule l'entoure dès qu'elle entre dans un salon.

Maintenant qu'elle n'avait plus à se soucier du comte de Crowhurst, Andrina se sentait soulagée d'un grand poids.

Elles sortirent le soir, pour dîner, puis elles allèrent danser. Le duc ne les accompagna pas. C'était une réception donnée en l'honneur des débutantes. Andrina se sentait presque douairière en leur compagnie.

Elle observait les partenaires de Cheryl et Sharon

et les trouvait tous plutôt insignifiants comparés au duc. S'il était vrai qu'il l'irritait souvent, et même parfois jusqu'à la blesser, il n'en avait pas moins une personnalité très marquante et une conversation stimulante.

Andrina aurait souhaité comprendre la raison de son cynisme. Pourquoi était-il si distant? Il avait bien dû, un jour, être gai et heureux. Lady Evelyn saurait-elle l'éclairer un peu? Pourquoi tenait-il tellement à se montrer ironique et désagréable envers tout le monde, alors que le sort l'avait autant gâté? Sa position sociale et ses propriétés magnifiques étaient pour le moins enviables pour ne parler que des choses matérielles.

Elle pensait encore à lui lorsqu'elle se coucha. Le lendemain matin, elle crut se souvenir avoir rêvé de lui et en fut légèrement troublée.

Les dames de Broxbourne House prenaient leur petit déjeuner dans un charmant petit salon proche de leur chambre. Lorsqu'Andrina y pénétra, elle le trouva envahi par les fleurs que ses sœurs et elle avaient reçues.

Cheryl était déjà là, habillée d'un négligé de mousseline blanche; détachés, ses cheveux dorés tombaient sur ses épaules.

– J'ai trop dormi, dit-elle, souriante. J'ai donc décidé de prendre mon petit déjeuner avant de m'habiller. Tu veux bien m'excuser, n'est-ce pas?

– Je t'en prie, ma chérie. Heureusement nous avons tout notre temps, ce matin. C'est après que nous serons bousculées.

– Ce soir il y a une soirée dansante à l'ambassade de Russie, annonça Sharon pleine d'entrain.

Andrina en prit note.

– Je ne l'avais pas oublié, affirma lady Evelyn en

faisant son entrée dans la pièce. La princesse de Lieven nous a invitées toutes les quatre à dîner. Je vous assure que c'est un grand honneur! Son Altesse n'invite jamais les jeunes gens.

– Je me demande qui a pu l'inciter à faire une exception pour nous, dit Sharon, les yeux pétillant de malice.

Andrina devinait sans peine la réponse à cette question.

– Toutes ces lettres! s'exclama-t-elle. A Manor House, lorsqu'il y avait une lettre par mois, c'était un événement.

Cheryl ouvrit l'une de celles qui lui étaient adressées. Andrina aperçut l'écusson au dos de l'enveloppe, et sut qui était le correspondant. Soudain Cheryl laissa échapper un cri.

– Non! Non! Ce n'est pas possible!

– Qu'y a-t-il? demanda Andrina, inquiète.

Sans répondre, Cheryl se leva, jeta la lettre sur la table et quitta le petit salon en courant.

Andrina prit la lettre et la lut :

Celui à qui l'on doit obéir, en ce qui vous concerne, m'a défendu de vous revoir. Je vous écris ces quelques lignes, ma chérie, pour vous dire que je vous aime de tout mon cœur et que toute ma vie je n'aimerai que vous.

Je n'ai jamais rencontré une jeune fille aussi belle que vous et qui me plaise tant. Je ne peux plus vous voir mais votre visage m'est toujours présent.

Andrina n'en croyait pas ses yeux. Elle lut la lettre deux ou trois fois de suite.

– Qu'y-a-t-il? Que se passe-t-il? demanda lady Evelyn, intriguée.

En guise de réponse, Andrina lui montra la lettre, sortit, elle aussi, du salon, et descendit l'escalier presque en courant.

Elle savait que le duc prenait son petit déjeuner dans le Morning Room, mais elle trouva la porte ouverte et la pièce vide. Sans doute le duc était-il dans la bibliothèque. Elle l'y trouva en effet, plongé dans la lecture du *Times*.

En la voyant entrer, il leva les yeux de son journal et, fermant celui-ci, le posa sur une petite table près de lui.

Andrina s'avança, la fameuse lettre à la main.

– Pouvez-vous me dire, monsieur, ce que cela signifie?

Sans se hâter, le duc prit la lettre et la lut, puis la rendit à Andrina.

– Vous avez sans doute deviné que j'ai demandé au noble marquis de ne plus s'intéresser à Cheryl.

– Mais pourquoi, monsieur? Pourquoi? demanda Andrina, déconcertée.

– Pour des raisons que je ne juge pas opportun de vous divulguer, répliqua le duc. Il faut accepter mon jugement en cette affaire.

– Je n'en ai aucunement l'intention! Cheryl aime beaucoup le marquis, et il est évident qu'elle lui plaît. Pourquoi ne se marieraient-ils pas? Pourquoi vous y être opposé, monsieur?

– Vous me rendez la vie difficile, Andrina. J'aurais dû empêcher Glen d'envoyer cette lettre mélodramatique à Cheryl. Je comprends qu'elle soit désolée. J'aurais pu lui épargner cette peine, mais je ne crois pas qu'elle soit amoureuse du marquis. Je pense que Cheryl a tout simplement été flattée de le voir lui faire la cour.

– Cheryl aime le marquis! répliqua Andrina. Et si elle désire se marier avec lui, j'ai l'intention d'y consentir, monsieur!

– Vous ne pouvez rien faire sans ma permission.

– C'est faux, monsieur! Et vous le savez très bien! Je vous ai forcé, contre votre bon sens, à devenir notre tuteur. Vous m'avez dit que mon projet était fou et que vous ne vouliez pas vous en mêler! Et maintenant vous donnez des ordres, et vous vous mêlez de ce qui ne vous regarde pas! Cheryl épousera le marquis!

– Le marquis ne la demandera jamais en mariage, répondit sèchement le duc. Vous verrez!

Andrina perdait patience :

– Il l'aime! Il le lui dit dans sa lettre! Mais il est clair que vous avez fait pression sur lui, monsieur. Il a peur! (Le duc garda le silence.) Très bien, monsieur! Je vais immédiatement me rendre chez le marquis. Je lui dirai que vous n'êtes nullement habilité à censurer nos décisions et qu'il peut épouser Cheryl s'il le désire!

Elle s'apprêtait à partir mais il la retint par le poignet.

– Écoutez-moi bien, Andrina! Il y a une raison péremptoire qui interdit à Cheryl d'épouser le marquis.

Furieuse, Andrina rétorqua :

– Je ne vous crois pas, monsieur!

– Je vous en prie, Andrina! Faites-moi confiance!

Le duc pouvait bien insister pour qu'elle lui fît confiance, Andrina ne l'écoutait même pas.

– Vous voilà de nouveau tyrannique, selon votre habitude, lança-t-elle avec acrimonie. Vous ne voulez pas que Cheryl soit heureuse! Vous voulez l'empêcher de devenir duchesse! Vous vous entêtez délibérément, sans la moindre raison, sinon prouver votre pouvoir. Je vais parler au marquis. Vous ne pourrez rien faire ou dire pour m'en empêcher!

Elle tenta de s'arracher à son étreinte mais il la retenait fermement. Très calme, il lui dit enfin :

– Puisque vous tenez à vous rendre ridicule, je me vois contraint de vous dire pourquoi j'ai ordonné au marquis de ne plus voir Cheryl.

– Et pourquoi donc? Avez-vous vraiment une raison, monsieur?

– Oui, il est déjà marié!

Stupéfaite, Andrina se calma aussitôt.

– Comment cela? Et comment se fait-il que personne ne soit au courant?

– Asseyez-vous, Andrina. Je ne voulais pas vous en parler parce que c'est une chose qui ne concerne que le marquis. Et, en cette affaire, il est plus à plaindre qu'à blâmer. Vous devez comprendre pourquoi j'ai agi ainsi.

Il lâcha le poignet d'Andrina.

– C'est donc vrai, monsieur? demanda-t-elle, alors qu'elle s'asseyait.

– Il y a neuf ans environ, lorsqu'il était à Oxford, le marquis se lia à un groupe de jeunes gens pas très recommandables, assez bambocheurs. Ils venaient à Londres pendant les vacances et fréquentaient des boîtes mal famées. Un jour, ils s'enivrèrent. Le lendemain Glen se retrouva marié à l'une des femmes de ce groupe de fêtards et il ne se souvenait de rien.

– Ils s'étaient vraiment mariés, monsieur? demanda Andrina, incrédule.

– Mais oui! Elle avait préparé le coup, sachant qu'il était marquis. Pour être un crétin, le pasteur qui les a mariés n'en était pas moins un vrai pasteur et le certificat de mariage était parfaitement en règle. (Le duc haussa les épaules.) Les Arkrae naturellement furent très affectés mais un divorce aurait fait beaucoup de bruit. Comme vous le savez, pour divorcer, il faut un Acte du Parlement.

– Alors qu'ont-ils fait, monsieur? demanda Andrina apitoyée.

– Ils ont donné une forte somme d'argent à la femme pour qu'elle parte et ne revienne plus ici. Et deux ans plus tard, ils ont annoncé qu'elle était morte.

A ces mots, Andrina reprit espoir.

– Le marquis est donc libre, monsieur, et il peut se marier.

– C'est ce qu'il pensa. Malheureusement j'ai rencontré sa femme à Bruxelles peu après la bataille de Waterloo.

– Ce n'est pas possible! s'exclama Andrina, agacée par tant d'invraisemblances.

– Je célébrais notre victoire avec quelques officiers. Tout d'un coup, je me suis aperçu que j'avais déjà vu la propriétaire de la boîte.

– Et où l'aviez-vous vue, monsieur?

– A Londres, avec ce fameux groupe dont je faisais moi-même partie!

– Vous étiez avec eux, monsieur?

Le duc fit un signe de confirmation.

– Oui, j'y étais!

– Pourquoi n'avez-vous rien fait pour empêcher ce mariage?

– Nous étions une douzaine. J'étais plus âgé que Glen mais nous n'étions pas très bons amis. Franchement, aucun de nous n'avait pensé que ce genre de femme, alors très séduisante, pensait au mariage.

Il sourit avec une ironie mordante avant de continuer :

– Nous étions tous passablement ivres...

– Etes-vous sûr que la femme que vous avez

rencontrée à Bruxelles était la même, monsieur? s'enquit Andrina. Que faisait-elle dans cette... boîte?

Après réflexion, le duc expliqua :

– Elle en était la propriétaire.

– C'est une maison de jeu, monsieur?

Après une nouvelle pause, le duc répondit :

– Quelque chose d'approchant...

– Etes-vous vraiment sûr qu'il s'agissait de la même personne?

– Oui! Elle se souvenait de moi, elle aussi. La pauvre avait beaucoup changé, et pas à son avantage. Elle ne vivra probablement pas longtemps : elle toussait beaucoup et crachait du sang. Je ne suis pas médecin mais il est évident qu'elle est tuberculeuse.

– Sont-ils vraiment mariés, monsieur? insista Andrina contre tout espoir.

– Bien sûr que oui, affirma le duc. Même si le marquis ne veut pas l'admettre.

– C'est horrible... et ce n'est pas juste! s'exclama Andrina, révoltée.

– C'est vrai. Mais que peut-on y faire?

– Je comprends mieux la situation! Quel dommage! Je pensais que Cheryl pouvait être heureuse avec lui. Elle est si timide avec les hommes, et justement, avec lui, elle se sentait très bien.

– Il est incapable de faire du mal à qui que ce soit, dit le duc non sans ironie, mais je ne suis pas sûr que deux personnes aussi timides aillent bien ensemble. Je ne vois pas Cheryl dirigeant un château en Ecosse ou remplaçant la duchesse, une femme d'une personnalité très forte et très autoritaire.

– A-t-on besoin d'être autoritaire pour être duchesse?

– Une famille ducale, particulièrement en Ecosse, où le chef de clan règne presque comme un roi, a des responsabilités énormes.

Andrina savait que le duc n'avait pas tort, mais elle ne voulait pas l'admettre.

– Nous ne pouvons donc rien faire, monsieur? Je vais chercher quelqu'un d'autre pour Cheryl. C'est vraiment dommage qu'elle ait perdu du temps avec le marquis.

– C'est catastrophique!

Les yeux du duc pétillaient de malice. Il se moquait ouvertement d'elle.

– Cela peut vous paraître risible, monsieur, mais pour nous, c'est très important! Vous le savez, nous n'avons pas beaucoup d'argent.

Et pour éviter une réponse agaçante, elle sortit vivement de la pièce.

Elle monta l'escalier et se rendit dans la chambre de Cheryl. Sa sœur était assise sur une chaise et contemplait le vide.

– Tu es triste, ma chérie?

– Je l'aimais bien et lui, il m'aime, il me l'a dit. Pourquoi le duc l'a-t-il écarté?

– Il pense qu'il ne te convient pas de devenir duchesse d'Arkrae. C'est un énorme château et les domaines sont immenses en Ecosse. Le duc et la duchesse sont presque considérés comme des rois. J'aimerais te voir y régner, Cheryl, mais je ne sais pas si tu serais heureuse.

Cheryl hocha la tête.

– Je ne voyais pas les choses comme cela! Le marquis est un homme calme et avenant. Mais... il est vrai que je n'aime pas être entourée de beaucoup de gens.

– Je sais, ma chérie. C'est peut-être mieux qu'il s'en aille maintenant, avant que tu ne t'attaches trop à lui.

– Il est très gentil, murmura Cheryl, désenchantée. Mais nous avons très peu parlé...

– Essaie de l'oublier, conseilla Andrina. Le duc a compris tout de suite que tu ne pourrais pas être heureuse avec lui.

– Peut-être... J'avais oublié que le marquis, un jour, deviendra duc. Je sais que je ne pourrais pas diriger une si grande maison.

– Tu aurais beaucoup de domestiques à ton service, tenta de la rassurer Andrina.

– Non! Vraiment ce serait trop!

Andrina fut heureuse de constater que sa jeune sœur n'était pas trop éprise du marquis, tout en regrettant malgré tout qu'elle ne pût l'épouser. Contrairement au duc, Andrina continuait à croire qu'ils auraient pu être heureux ensemble, en dépit de tout.

Maintenant il fallait tout recommencer et chercher à nouveau un mari pour Cheryl. Ce n'était pas si simple, malgré la beauté de la jeune fille.

Andrina rejoignit Sharon et lady Evelyn. Celles-ci voulurent savoir pourquoi le duc avait évincé le marquis.

– Il m'a défendu de vous en parler. Si vous voulez le savoir, demandez-lui vous-mêmes.

Andrina était sûre que, malgré leur curiosité, elles n'oseraient pas questionner le duc à ce sujet. Quant à elle, elle ne se laisserait pas faire. Elle ne leur dirait rien.

Elle se demanda si leur hôte s'était amusé dans cette maison de plaisirs – la « boîte », comme il l'avait appelée – à Bruxelles...

Peut-être y était-il plus à l'aise et moins cynique avec les femmes?

Lady Evelyn désirait faire quelques achats et demanda à Andrina de l'accompagner. Sharon ne voulut pas sortir. Elle désirait répondre à quelques lettres. Quant à Cheryl, elle se disait trop fatiguée.

Le déjeuner fut servi tôt, avant le départ d'Andrina et de lady Evelyn.

Andrina s'était résolue à ne rien acheter. Une grande partie de leur argent avait sans doute été dépensé. Il faudrait demander au duc combien il leur restait.

Elle se sentait pourtant très tentée par une robe qu'elle avait vue chez Mme Bertin. Une robe charmante, tout en dentelle, qui irait parfaitement à Cheryl. Andrina décida qu'une nouvelle toilette aiderait sa sœur à oublier sa déconvenue.

Andrina et lady Evelyn ne restèrent pas longtemps dans la boutique. Elles rentrèrent sitôt les paquets installés dans la voiture.

Sur le trajet du retour, Andrina s'amusa, comme d'habitude, à regarder la foule dans les rues. Elle en éprouvait toujours le même émerveillement.

– Je me demande s'il existe ailleurs autant de gens élégants et de maisons somptueuses! dit-elle à lady Evelyn.

– Je peux vous répondre ceci : j'ai beaucoup voyagé avec mon mari, mais c'est ici, à Londres, que j'ai trouvé les gens les plus élégants, particulièrement pendant la belle saison.

– Evidemment, madame, nous ne voyons que les plus beaux quartiers de la capitale. J'ai entendu des histoires affreuses sur les bas quartiers et sur ce qui se passe à Saint Giles et en d'autres endroits.

– Ne vous étonnez pas, mon enfant! Je vous assure qu'à Rome et à Paris, c'est encore pire!

– C'est déjà assez affligeant ici!...

Des choses épouvantables avaient été racontées à Andrina sur les faubourgs de la ville et jusque sur la capitale elle-même. Les gens étaient entassés sans hygiène et souffraient sans cesse de la faim. Andrina avait lu des articles sur les mauvais traitements infligés aux jeunes apprentis. Il fallait les aider, lutter pour l'abolition de leur esclavage.

Andrina se demanda si le duc se préoccupait de ces problèmes et se souvint que lady Evelyn lui avait dit qu'il était très égoïste.

Lorsqu'elles arrivèrent, Andrina demanda au maître d'hôtel :

– Mlle Cheryl est-elle là, monsieur?

– Elle n'est pas là, mademoiselle. Mlle Cheryl est partie se promener.

– Tiens! Elle m'avait dit qu'elle désirait se reposer! Avec qui est-elle sortie, monsieur?

– Avec le marquis de Glen, mademoiselle. Il est venu la chercher, peu après votre départ avec lady Evelyn.

– Mlle Cheryl est partie se promener avec le marquis? s'étonna Andrina.

– Oui, mademoiselle.

– Et où est Mlle Sharon?

– Elle est sortie aussi, mademoiselle.

Andrina était surprise que ses sœurs ne lui aient pas fait part de leurs intentions. Lady Evelyn en fut également étonnée.

Lorsqu'elles se trouvèrent hors de portée des domestiques, lady Evelyn exprima son mécontentement.

– Elles ne devraient pas agir comme si je n'étais pas leur chaperon. Elles auraient dû m'avertir.

– Bien sûr, madame, dit Andrina pour l'apaiser, mais je crois qu'elles ont décidé de sortir après notre départ. Elles ont dû penser qu'il était dommage de rester enfermées par ce beau temps.

Andrina monta dans sa chambre. Elle était préoccupée mais ne voulait pas le montrer à lady Evelyn. Elle trouvait très étrange que le marquis vînt chercher Cheryl après lui avoir écrit une lettre d'adieu. Elle ne comprenait pas ce qui se passait.

Discrètement, elle sortit de sa chambre pour se rendre chez Cheryl. Quelle ne fut pas sa surprise en ouvrant la porte!

La pièce était dans le plus grand désordre. Il y avait des vêtements partout : sur le lit, sur les chaises, par terre; une valise gisait à moitié vide et les portes de la garde-robe étaient ouvertes. Andrina jeta un coup d'œil sur la coiffeuse. Les brosses et les peignes de Cheryl avaient disparu mais il y avait une enveloppe.

Andrina l'ouvrit immédiatement.

Andrina chérie, je pars avec le marquis parce qu'il a besoin de moi. Le duc ne doit pas nous chercher. Nous avons l'intention de nous marier en Ecosse. Je t'embrasse. Cheryl.

Bouleversée, Andrina se hâta de descendre. Dans le vestibule, elle interrogea le laquais :

– Le duc est-il là?

– Non, mademoiselle. M. le duc est parti se promener à cheval.

– Savez-vous à quelle heure il rentrera?

Andrina remarqua à quel point elle était agitée et comme sa voix tremblait.

– M. le duc ne m'a rien dit, mademoiselle.

A ce moment, Andrina entendit du bruit à l'extérieur et, lorsque le laquais ouvrit la porte, elle aperçut le duc qui descendait de cheval. Avec élégance, il gravit les marches du perron. Ses bottes brillaient, son habit était impeccable.

Andrina courut vers lui et murmura :

– Il faut que je vous parle immédiatement, monsieur! Une chose terrible vient de se produire.

Le duc vit la pâleur de ce visage tourmenté tourné vers lui. Il se débarrassa de son chapeau, de ses gants et de sa cravache, prit Andrina par le bras et l'entraîna à travers le hall jusqu'au salon.

– Que s'est-il passé? s'enquit-il.

– Cheryl s'est enfuie avec le marquis! annonça Andrina en lui tendant la lettre de sa sœur.

– C'est trop fort! s'exclama-t-il furieux, après l'avoir lue. Glen n'avait pas le droit de faire cela!

– Que pouvons-nous faire, monsieur? demanda Andrina.

– Restez ici!

Et quittant la pièce, il ferma la porte derrière lui. Après quoi Andrina l'entendit parler avec quelqu'un sans réussir à comprendre ce qui se disait.

Il revint quelques minutes plus tard.

– Il y a à peine une heure qu'ils sont partis. Ils ne doivent pas être loin. Le marquis n'est pas très habile avec les chevaux!

– Pensez-vous que nous pourrions les rattraper? interrogea Andrina, les yeux brillants.

– Nous? demanda le duc surpris. Vous voulez venir avec moi?

– Oui! Emmenez-moi, monsieur! Je vous en prie!

Il la regarda et Andrina sentit qu'ils faisaient cause commune.

Il ne se moquait pas d'elle!

Il n'était pas cynique!

– Je vous emmène, Andrina! Venez! J'ai ordonné qu'on prépare la voiture.

6

La promenade aurait enchanté Andrina si elle n'avait pas été aussi préoccupée de la disparition de Cheryl. Quelle folle imprudence! Comment sa sœur avait-elle pu brusquement décider de se marier? Et dans de telles conditions?

Andrina connaissait bien les chevaux et remarqua immédiatement que le duc menait ses quatre magnifiques coursiers avec une exceptionnelle dextérité. Malgré leur vive allure, elle n'avait pas peur.

Le duc était particulièrement élégant ce jour-là. Il portait un chapeau haut de forme et son manteau de velours gris lui seyait parfaitement. Le cuir luisant de ses bottes ne déparait pas l'ensemble.

Ils s'éloignèrent rapidement de Londres, en direction du nord. La route était peu encombrée, ce qui leur permettait de filer comme le vent. Andrina portait heureusement un bonnet chaud, bien ajusté, et retenu par une jugulaire de rubans. Assise sur le siège capitonné de la voiture, une couverture sur les genoux, elle songeait qu'elle aurait aimé faire cette belle promenade avec le duc sans être préoccupée par sa sœur.

Elle comprenait mal comment le marquis avait pu persuader Cheryl de partir avec lui. Cette enfant si timide, si indécise, se laissait enlever, à l'improviste, sans se préoccuper de rien ni de personne. Elle se sauvait, sur un coup de tête, pour se marier! Andrina ne l'aurait jamais crue capable de faire une chose pareille.

Sa sœur s'était toujours montrée timorée, craintive. Elle n'aurait jamais eu l'idée, d'elle-même, de franchir les barrières des conventions. Elle n'aurait jamais non plus froissé ni peiné quiconque. Ce dernier point donnait sans doute la clef du mystère.

Cheryl n'avait pas eu le courage de blesser le marquis, de le réduire au désespoir! Et lui, profitant de sa faiblesse, voulant aussi la rassurer, lui avait promis un mariage en Ecosse. Il lui avait fait miroiter, pour la convaincre, les multiples avantages de cette résolution. Il avait abondamment dépeint le tableau idyllique de leur vie à deux, loin de toutes contingences gênantes et terre à terre.

Plus tard, lorsque le duc aurait appris la nouvelle, il aurait été contraint de taire ce qu'il savait du premier mariage du marquis. Ce dernier avait visiblement compté sur cela!

Les Arkrae étaient sans doute sincères en affirmant que la femme de leur fils était morte. Il fallait donc rattraper le jeune couple en fuite avant qu'il ne fût trop tard. Car alors, le duc se trouverait dans une situation des plus délicates vis-à-vis des Arkrae.

Andrina regrettait vivement de ne pas avoir informé Cheryl. Si elle lui avait tu la vérité, c'était à cause de lady Evelyn, trop bavarde pour être mise au courant d'un tel secret.

Le duc forçait de plus en plus l'allure de son équipage. Il ne conduisait certainement pas aussi vite d'habitude.

Cheryl et le marquis avaient une heure d'avance. Il fallait les rejoindre avant la tombée du jour.

Andrina espérait ardemment que le marquis, d'apparence si calme et si délicate, n'irait pas jusqu'à considérer Cheryl comme sa femme avant de lui passer la bague au doigt, que leur union soit licite ou pas... Elle était dévorée d'anxiété. Cheryl était si parfaitement naïve.

Comment prévoir sa réaction alors qu'elle n'aimait pas le marquis, si ce dernier entreprenait de lui révéler tous les plaisirs de l'amour? D'envisager une telle éventualité rendait Andrina de plus en plus soucieuse. Si cela se produisait, ce serait incontestablement pour Cheryl un choc émotionnel terrible. Elle pouvait en être bouleversée.

– Ne soyez pas si préoccupée, Andrina, la rassura le duc d'une manière inattendue. Nous les rejoindrons à temps, je vous le promets.

Il avait donc fait preuve d'un peu d'attention et deviné son état d'esprit! Elle en était heureusement surprise et lui confirma en souriant :

– J'imagine, en effet, monsieur, qu'ils vont moins vite que nous.

– Ils n'ont que deux chevaux. De plus, je ne connais pas de coursiers capables de devancer les miens bien longtemps.

– Quels animaux superbes!

– Je ne vous ai pas encore vue monter à cheval. J'ai dans mon écurie un bel alezan. Il vous conviendrait parfaitement, je crois.

Les yeux d'Andrina s'illuminèrent.

– J'aime énormément me promener à cheval, monsieur, mais à Manor House, nous n'avons jamais pu avoir un beau cheval.

– Nous allons y remédier.

Andrina redevint silencieuse. Ce n'était pas le moment de penser à se distraire. Elle était assaillie de nouveau par ses inquiétudes; ce très grave contretemps accentuait encore ses difficultés alors qu'il lui restait à peine quelques semaines pour gagner la partie... Allait-elle la perdre?

Malgré elle, sa pensée retournait à la proposition du duc. Mais si elle s'habituait à cet alezan, il ne lui serait plus possible, par la suite, de monter leur vieux Dobbin. Pauvre bête qui leur servait depuis plus de dix ans!

Elle garda ses réflexions pour elle. Qu'il serait agréable de se promener à cheval, dans le parc, sans soucis, paisiblement, en compagnie du duc! Ou mieux encore, à la campagne... si jamais elles étaient invitées à Broxbourne Park!

Le soleil commençait à se coucher lorsqu'ils approchèrent de Barnet. De loin, Andrina remarqua une foule de gens et de véhicules en travers de la route.

– Regardez, monsieur! Que se passe-t-il, là-bas?

– C'est un accident, répondit-il très vite.

Andrina apercevait avec effroi des chevaux désorientés, ruant dans toutes les directions, et des gens qui sortaient péniblement d'un véhicule.

Une seconde plus tard, une roue de voiture projetée en l'air retombait, loin de la route. Comme ils approchaient, Andrina vit qu'un phaéton était entré en collision avec une diligence.

Puis elle remarqua qu'on dégageait du phaéton renversé une personne vêtue d'une pelisse bleue. Elle comprit sur-le-champ qu'il s'agissait de sa sœur et poussa un cri déchirant.

Une incroyable confusion régnait sur les lieux de l'accident. Les chevaux épouvantés caracolaient comme des fous et se cabraient lorsqu'on voulait les retenir. La diligence avait versé dans un fossé. Les voyageurs pleuraient et criaient à perdre haleine.

Le cocher semblait éméché. Le visage rouge, il hurlait des injures au marquis. Celui-ci, très pâle et de toute évidence bouleversé, essayait de reprendre en main ses chevaux.

Les bagages des voyageurs de la diligence étaient éparpillés sur la route. Quelques malles étaient complètement défoncées. Une cage à poules, tombée par terre, s'était cassée en deux; des poulets gloussaient et couraient en tous sens.

Le duc ralentit et arrêta sa voiture à proximité de l'attroupement. Son laquais sauta vivement à terre et se dirigea vers les chevaux. Le duc descendit posément de voiture, puis aida Andrina à le rejoindre. Ils partirent à la recherche de Cheryl.

L'homme qui l'avait dégagée du phaéton renversé l'avait étendue sur l'herbe, non loin de là, avant de retourner vers les voitures. Cheryl semblait étourdie. Son bonnet était tombé de sa tête dévoilant ses beaux cheveux dorés, tout emmêlés. Sur une de ses mains une égratignure saignait légèrement.

Andrina l'entoura de ses bras.

– Comment te sens-tu, ma chérie?

– J'ai peur! gémit Cheryl, se mettant à pleurer.

Andrina la serra plus fort. Sa robe était froissée et sa main saignait, mais Cheryl n'avait apparemment pas de blessures graves. Ses pleurs étaient le contrecoup du choc violent qu'elle venait de subir.

Andrina lui murmura des mots affectueux tout en lui essuyant les yeux.

– J'ai peur!... répéta Cheryl.

Andrina la réconforta de son mieux :

– Tout va bien, ma chérie. C'est fini maintenant. Le duc et moi nous allons te ramener à Broxbourne House, et tu vas oublier très vite cette détestable aventure.

– Je suis si heureuse de te voir, Andrina! s'exclama sa sœur, comme une enfant.

– Et moi aussi, ma chérie!

Elle détourna un instant les yeux et vit le duc

prendre les choses en main et mettre un peu d'ordre dans tout ce tumulte.

Il réquisitionna les voyageurs et les badauds du sexe masculin qui se mirent, suivant ses instructions, à dégager la diligence du fossé. Les chevaux maîtrisés cessèrent d'endommager leurs harnais et l'axe de la voiture.

Mécontents, certains voyageurs continuaient à récriminer. Mais lorsque le duc leur ordonna de reprendre leur place dans la diligence, désormais prête à repartir, tout le monde s'exécuta sans mot dire.

Le duc donna un pourboire au cocher pour l'aider à se remettre. Les valises et les malles réintégrèrent le toit de la diligence et les poulets rattrapés leur panier. Diligence, cocher et voyageurs se remirent en route pour Londres.

Les badauds aidèrent à remettre le phaéton du marquis sur la route mais une des roues était sérieusement endommagée.

Désorienté, le marquis semblait ne plus savoir que faire de sa personne.

Le duc s'approcha de lui.

– Arrêtez-vous à Barnet, lui conseilla-t-il. Vous y trouverez un charron pour la réparation. En attendant, il vous louera un cabriolet.

Sans répondre, le marquis tourna son regard vers l'endroit où Cheryl était assise à côté d'Andrina.

– Je ramène Cheryl à Broxbourne, annonça le duc, le plus tranquillement du monde.

Les regards des deux hommes se croisèrent. Le marquis allait-il défier le duc? L'éternel indécis cligna des yeux... puis conclut :

– Je crois que c'est la meilleure solution.

– Evidemment, ajouta sèchement le duc avant de s'éloigner.

Il monta dans son phaéton, lui fit faire demi-tour avec une adresse remarquable et l'arrêta face à la direction de Londres. Puis, s'approchant des deux jeunes filles, il les invita à prendre place dans sa voiture.

Cheryl se laissa entraîner par sa sœur et monta avec elle dans le phaéton sans plus se préoccuper du sort du marquis!

Et c'est sans un geste pour Cheryl, sans un mot pour la retenir, que ce dernier la vit s'éloigner...

Le phaéton était une voiture à deux places. On peut, cependant, si on est assez mince, s'y installer à trois.

Andrina plaça sa sœur entre elle et le duc. Ils partirent en silence. Andrina entourait Cheryl de son bras.

Ils avaient franchi un mile environ lorsque Cheryl articula :

– Je suis navrée, Andrina...

– Pourquoi as-tu fait cela, ma chérie?

– Il disait qu'il serait si malheureux sans moi... Tu me connais, n'est-ce pas? Je ne peux supporter de voir quelqu'un malheureux. Tu le sais bien!

C'était vrai et c'était une qualité digne de louanges. Mais c'était aussi une faiblesse. Cheryl était trop vulnérable. Andrina s'en inquiéta. Sa sœur allait-elle se laisser apitoyer sa vie durant sur le sort de tout un chacun?

Andrina se promit de lui en parler plus tard. Il n'était pas possible d'avoir une conversation privée à présent. Le duc menait ses chevaux à vive allure et le mugissement du vent couvrait leurs voix.

Silencieuse, Andrina ne cessa cependant d'enlacer tendrement sa sœur. C'était un tel apaisement, une telle joie, de l'avoir retrouvée saine et sauve!

Que se serait-il passé s'ils n'étaient pas arrivés à

temps? Aurait-elle demandé au marquis de ramener sa sœur à Broxbourne? Ou celle-ci y serait-elle revenue d'elle-même, ce qui n'aurait pas été moins embarrassant pour le marquis...

Cette situation s'était avérée particulièrement délicate. Andrina espérait que cet événement fâcheux ne pousserait pas Cheryl à prendre les hommes en grippe et à s'exclure de la société.

Cheryl était encore sous le coup de ce qui venait d'arriver. Mais quelles seraient ses réactions lorsqu'elle se retrouverait à Broxbourne House?

Andrina espérait ardemment que Sharon et lady Evelyn sauraient accueillir avec délicatesse ce frêle oiseau échappé pendant si peu de temps de sa cage. Elle, en tout cas, ferait tout pour la protéger.

Ils arrivèrent à Curzon Street vers 7 heures du soir.

Il faut prévenir la princesse de Lieven que nous serons en retard pour le dîner, se dit Andrina tout en se demandant si Cheryl serait en état de s'y rendre. Elle conclut par la négative.

Et comment alors expliquer à lady Evelyn et à Sharon, sans éveiller leur curiosité, qu'elle aussi resterait à la maison?

Le duc fit arrêter ses chevaux devant la porte d'entrée : les laquais s'avancèrent pour aider Andrina et Cheryl à descendre de la voiture. Les deux sœurs montèrent les marches du perron. Lorsqu'elles arrivèrent dans le hall, Andrina aperçut une silhouette masculine de l'autre côté du vestibule, à l'entrée du corridor.

Elle n'y prêta guère attention, mais Cheryl poussa un cri de joie et traversa la pièce en courant, les bras grands ouverts.

– Hugo! Hugo! s'exclama-t-elle.

Mais oui! C'était Hugo Renton...

Andrina ne s'attendait certes pas à le voir; mais avant qu'elle pût prononcer un mot, Cheryl était déjà dans les bras du garçon et lui déclarait :

– Je suis si heureuse de vous voir, Hugo! Vous m'aviez bien prévenue que je ne me plairais pas ici et vous aviez raison! Je ne demande qu'à rentrer à Cheshire.

Hugo prit le charmant visage de Cheryl entre ses mains et y déposa un baiser.

– J'ai justement l'intention d'y retourner au plus vite, ma chérie. Je suis venu vous annoncer la mort de mon père. Désormais, il n'y a plus d'obstacle entre nous. Nous pouvons nous marier.

– Hugo! Hugo! répétait Cheryl, rayonnante. Riant de joie et de bonheur, elle se serrait contre lui. Ils étaient seuls au monde. Ni Andrina, ni le duc, ni les laquais, n'existaient plus pour eux. Andrina en était indignée.

Elle fit un pas en avant mais le duc la retint. Il se dirigea seul vers Cheryl et Hugo. La jeune fille leva la tête; ses yeux bleus étaient emplis de larmes, mais son visage rayonnait de bonheur.

– Je vous présente Hugo Renton, monsieur, dit-elle avec simplicité.

– Je suis heureux de vous connaître, assura le duc en tendant la main au jeune homme. Allons dans un coin tranquille pour bavarder un peu.

– C'est une excellente idée! s'exclama Cheryl, ravie.

Elle se dégagea à regret des bras d'Hugo. Celui-ci regarda le duc avec un peu de timidité en lui serrant la main.

– Veuillez m'excuser, monsieur!

– Je vous en prie! répondit le duc en indiquant d'un geste le salon, dont la porte fut aussitôt ouverte par deux laquais.

Andrina suivit le petit groupe. Elle voulait elle aussi prendre part à la discussion. Elle avait beaucoup de choses à dire...

Evidemment, se disait-elle, en marchant à leur suite, Hugo est un tout autre homme que le marquis.

Pour être aussi posé et plein de gentillesse que ce dernier, Hugo ne manquait, lui, ni de fermeté ni de détermination. Andrina connaissait depuis toujours son amour pour Cheryl. Elle ne l'avait pourtant jamais considéré comme un prétendant souhaitable pour sa sœur. Elle n'avait certes rien à reprocher à Hugo. Elle avait simplement des projets beaucoup plus ambitieux pour ses sœurs.

La famille Renton était très connue dans les environs de Cheshire et possédait une belle propriété, mais les rêves d'Andrina étaient beaucoup plus grandioses!

D'admirer le visage épanoui de sa sœur fit taire les appréhensions et les exigences d'Andrina. Elles se volatilisèrent, comme par magie, pour un temps tout au moins... Cheryl aimait Hugo, c'était une certitude.

– Je savais que Cheryl et ses sœurs étaient ici, monsieur, et, depuis mon arrivée, j'ai appris que vous êtes leur tuteur.

– C'est exact, confirma le duc. En ce qui me concerne, si Cheryl désire vous épouser, elle a sans réserve ma permission et ma bénédiction.

Cheryl se jeta derechef dans les bras de Hugo.

– Je vous en suis infiniment reconnaissant, monsieur, dit celui-ci.

Puis il contempla le charmant visage de Cheryl et oublia tout ce qui les entourait.

Le duc se tourna vers Andrina et lui souffla :

– Nous sommes de trop à présent.

Andrina soupira... Il fallait protester, dire haut et clair que cela n'était pas possible, qu'elle avait prévu tout autre chose pour Cheryl... Mais elle savait qu'elle parlerait en vain. Cheryl avait fait son choix. Il serait cruel de chercher à l'orienter vers quelqu'un d'autre, alors qu'elle allait en toute confiance vers Hugo. Son visage radieux révélait suffisamment son bonheur!

Andrina haussa les épaules avec résignation et se rangea au point de vue général.

Comme elle quittait le salon, elle se retourna. Le duc la suivait du regard avec un sourire plein de malice. Il savait que ses projets pour sa sœur venaient de se pulvériser et qu'elle en ressentait une réelle déception.

Le voilà tout content de me voir contrariée, se dit-elle, pensant qu'elle devait lui masquer sa déconvenue. Elle redressa la tête et lui adressa un regard hautain.

Au moment où ils atteignaient la porte, celle-ci s'ouvrit et deux jeunes personnes apparurent.

Déjà habillée pour le dîner, Sharon était accompagnée du comte Ivan, plus beau et plus élégant que jamais dans un manteau de satin bleu nuit ouvert sur une chemise à petits plis et une cravate raffinée.

Sharon attaqua aussitôt :

– Vous êtes très en retard...

Puis, apercevant Cheryl et Hugo tendrement enlacés, elle demanda :

– Mais... que se passe-t-il? Oh! Mais c'est Hugo!

– Un vieil ami... confirma le duc avec un sourire entendu. Félicitez donc votre sœur, ma chère enfant. Elle a trouvé l'homme de sa vie! Elle a découvert toute seule celui qu'elle désire épouser.

– Et moi aussi, monsieur! s'exclama Sharon, radieuse.

Mais elle sentit la déception d'Andrina. Elle n'aurait pas dû parler avec tant d'impétuosité. Elle rougit, confuse. Puis, elle se tourna vers le duc :

– Je désire vous parler, monsieur, s'il vous est possible de m'accorder quelques instants.

Souriant, mais sur un ton ferme, le duc déclara :

– Il me semble que dans cette famille, on a l'habitude de prendre une décision et de ne venir me consulter qu'après!

Intervenant, Andrina s'adressa sèchement à sa sœur.

– Veux-tu dire, Sharon, que tu désires te marier avec le comte?

– Mais oui, Andrina, confirma la jeune fille avec un grand sourire, j'ai l'intention de l'épouser! Tu ne peux pas imaginer combien je suis heureuse! Je t'en prie, ne fais rien pour gâcher mon bonheur!

Et se penchant légèrement, elle embrassa sa sœur. Andrina ne pouvait plus que se réjouir avec elle. Elle devait renoncer à tous ses arguments. Pas plus que pour Cheryl, elle ne ferait obstacle au bonheur de sa cadette.

– Eh bien, célébrons cet heureux événement! proposa le duc.

Il commanda du champagne avant de se tourner vers Andrina qui regardait ses sœurs bavarder de l'autre côté du salon, tandis que leurs deux fiancés conversaient.

– Voyez comme elles sont heureuses! s'exclama-t-il.

Andrina, qui n'avait pas entendu le duc s'approcher, sursauta.

– Peut-être, monsieur... Mais enfin, ce n'est pas exactement ce que j'avais rêvé pour elles.

Peu disposée à endurer l'expression satisfaite de son hôte, elle n'en dit pas davantage et monta dans sa chambre.

Sa femme de chambre l'y attendait pour l'aider à s'apprêter en vue de la réception chez la princesse.

– Que désirez-vous porter, mademoiselle? interrogea-t-elle.

Andrina l'interrompit :

– Je vous remercie, mais je n'ai pas besoin de vos services ce soir. Je ne sortirai pas. Veuillez avertir lady Evelyn que je reste ici pour tenir compagnie à Mlle Cheryl. Je suis persuadée que ma sœur ne souhaite pas se rendre à ce dîner.

A ce moment précis, lady Evelyn entra.

– J'ai appris que vous avez ramené Cheryl au bercail.

– Mais oui, madame, elle est là. Et je vous annonce ses fiançailles. Elle va se marier prochainement avec Hugo Renton, un jeune homme qu'elle connaît depuis toujours.

– Mais je suis ravie d'apprendre cette charmante nouvelle! s'exclama lady Evelyn.

Comme Andrina la dévisageait avec surprise, lady Evelyn expliqua :

– Cheryl m'a confié qu'elle aimait un ami d'enfance de votre voisinage; et Sharon, d'ailleurs, m'a raconté bien des choses à son sujet.

Elle parlait avec bonne humeur et amabilité. Mais, comprenant combien Andrina était déçue, elle voulut la rasséréner :

– Ma chérie, Cheryl est très belle mais – vous le savez aussi bien que moi – comment lui aurait-il été possible de faire face aux exigences et aux situations compliquées et embarrassantes de la haute société londonienne? Il lui fallait un compagnon capable de veiller sur elle, de la protéger, de l'aider à prendre des décisions. Elle sera très heureuse à la campagne, avec un mari et des enfants. Ne regrettez rien : c'est cela, vraiment, qui lui convient. N'est-ce pas là le plus important?

– Elle est si belle! murmura Andrina.

Puis elle ajouta dans un chuchotement :

– Sharon et le comte Ivan vont se marier, eux aussi, le saviez-vous, madame?

– Mais oui, ils me l'ont annoncé dès leur retour de promenade. Il faut reconnaître qu'ils vont très bien ensemble, n'est-ce pas?

– Sans doute, madame, mais il n'a pas d'argent ni de situation. C'est tout de même un sérieux handicap, lorsqu'on décide de se marier!

– Ce que vous dites est vrai. Mais considérez ses qualités. Il a de l'ambition, il est très intelligent! Ce sont souvent des atouts plus sûrs qu'une fortune ou qu'une situation avantageuse. Il n'a besoin que d'une épouse qui l'aime et qui sache l'encourager dans sa carrière. Sharon s'y emploiera à la perfection! Soyez sans crainte! je suis absolument persuadée qu'à eux deux ils réussiront, et même en très peu de temps.

– Vous me jugez sans doute très matérialiste. Mais reconnaissez, madame, qu'on ne doit pas négliger ces questions-là.

– Je suis tout à fait de votre avis. Mais je constate, et je me permets de vous le dire, que, comme toutes les marieuses, vous vous laissez influencer outre mesure par les blasons dorés des candidats. Donnez tout de même autant d'importance aux affaires du cœur!

Elle consulta sa montre, et s'exclama :

– C'est l'heure! Il faut partir! Si nous arrivions en retard, la princesse ne nous le pardonnerait pas. Le comte Ivan vient nous chercher. Il doit être en bas avec Sharon. Ne nous faisons pas attendre. Venez-vous? Et Cheryl?

– Non, madame, je ne pense pas qu'elle vienne. Elle voudra certainement rester ici. Je lui tiendrai compagnie.

– A votre guise, dit lady Evelyn avant d'ajouter : Andrina, ne soyez pas trop sévère avec ces amoureux. Un bon chaperon doit savoir rester discret!

Le duc déclina lui aussi l'invitation de la princesse.

Ils dînèrent donc tous les quatre dans la grande salle à manger. Cheryl rayonnait de bonheur. Hugo, – souvent assez terne, de l'avis d'Andrina –, se montra gai et bavard. Il parlait, naturellement, surtout des chevaux et de la campagne mais le duc s'intéressait lui-même à ces sujets. Les conversations et les bavardages inutiles des grands dîners de Londres ne plaisaient pas à Andrina. Elle préférait de beaucoup l'ambiance de ce dîner intime.

Après le repas, le duc s'absenta pour se rendre à son club. Andrina décida de suivre le conseil de lady Evelyn, et de laisser Cheryl et Hugo seule à seul dans le salon. Elle regagna sa chambre, non sans nostalgie. Elle se sentait délaissée...

Sa femme de chambre l'attendait pour l'aider à se déshabiller. Elle tenait deux coffrets à bijoux et lui dit :

– Mlle Cheryl devait les mettre ce soir, mais elle s'est changée en hâte et les a oubliés. Voulez-vous que je les rende à M. Robson?

– Merci, je préfère m'en occuper. M. Robson sera-t-il à son bureau à cette heure tardive?

– Certainement, mademoiselle. Il travaille toujours très tard. D'ailleurs, il loge juste à côté de son bureau.

– Je vais les rapporter, décida Andrina.

La femme de chambre lui fit une révérence et s'en alla.

Andrina descendit à nouveau l'escalier et frappa à la porte de M. Robson. Elle le trouva entouré de nombreux papiers et fort surpris de sa visite.

– Je viens vous rapporter ces bijoux, monsieur. Cheryl n'est pas sortie ce soir et n'en a pas eu besoin.

– Vous êtes très aimable, mademoiselle Andrina, mais cela pouvait attendre demain matin, lorsque Mlle Sharon me rapportera les deux broches en forme d'étoile.

– En effet, monsieur, elle désirait les porter ce soir.

– Je crois, mademoiselle, que pour elle c'est une soirée très spéciale, dit M. Robson en souriant.

– Certainement! Mes deux sœurs se sont fiancées aujourd'hui, monsieur!

– Vraiment? Voilà qui n'arrive pas tous les jours!

Il se dirigea vers le coffre-fort pour y ranger les bijoux. Andrina jeta un coup d'œil involontaire aux papiers étalés sur le bureau et un dossier, au beau milieu de la table, lui sauta aux yeux. Il portait une étiquette indiquant en grosses lettres : « ŒUVRES DE CHARITÉ ANONYME DE M. LE DUC DE BROXBOURNE. »

Pendant quelques secondes, Andrina regarda ces mots. Cédant à la curiosité, elle ouvrit le dossier et lut une liste, rédigée par M. Robson :

1. Orphelinats et orphelins.
2. Pensionnaires.

3. Criminels réhabilités.
4. Première infraction.
5. Société pour l'abolition du travail des enfants.
6. Parents adoptifs pour les enfants illégitimes et les enfants maltraités.
7. Aveugles.
8. Mouvement contre l'esclavage.
9. Abolition du travail des enfants dans les mines et usines.
10. Association pour la prévention de la cruauté envers les animaux.

Elle avait parcouru la liste en écarquillant les yeux tant elle était stupéfaite. Elle croyait rêver : c'était une révélation tellement inattendue! Qui aurait pu croire que le duc avait de telles préoccupations? Il cachait bien son jeu!

Cette découverte plongea Andrina dans la plus grande confusion.

– Vous avez commis là une indiscrétion, mademoiselle Andrina! se lamenta M. Robson en la voyant penchée sur les papiers. M. le duc serait très mécontent s'il apprenait que vous avez vu cette liste.

– Pourquoi donc, monsieur?

– Parce qu'il veut que personne ne connaisse ce trait de son caractère, mademoiselle.

Andrina prit ouvertement le dossier tout entier et le feuilleta. Les noms des personnes assistées et le montant des sommes versées étaient notés.

– Pourquoi donc, monsieur, veut-il agir secrètement?

Voyant l'hésitation de M. Robson, Andrina insista :

– J'aimerais connaître la vérité, monsieur Robson. Je pourrais, il est vrai, lui poser moi-même cette question.

– Ah! Surtout pas, mademoiselle! Je vous le demande instamment!

M. Robson était visiblement très inquiet.

– S'il apprenait que vous avez vu ce dossier, mademoiselle, la faute en retomberait sur moi. J'ai sa confiance. Il serait indigné de ma négligence. Ce serait pour lui une trahison inqualifiable. Il a tellement insisté pour que je garde ce dossier sous clef. Je ne prévoyais pas une visite si tardive. Vous m'avez surpris, mademoiselle!

– Je comprends. Je vous promets de garder le secret. Mais, je vous en supplie, dites-moi pourquoi le duc cache sa générosité à tout son entourage.

Elle s'était assise dans le fauteuil de M. Robson et tenait fermement le dossier entre ses mains. Elle voyait bien qu'il se demandait s'il pouvait ou non céder à son insistance. Ils ne soufflèrent mot ni l'un ni l'autre pendant quelques minutes.

Il finit par se décider.

– Evidemment, mademoiselle, vous êtes parente du duc... Il n'est donc peut-être pas excessivement déplacé de vous dévoiler ses raisons. Je vous répète, toutefois, que M. le duc serait terriblement mécontent s'il apprenait que vous avez percé son secret.

Il s'arrêta un instant avant d'ajouter :

– Sachez, mademoiselle, que je suis au service du duc et de son père depuis presque cinquante ans. Pendant toutes ces années, je n'ai cessé d'être proche d'eux, plus proche que n'importe quel membre de leur famille. (Andrina écoutait attentivement.) Le père du duc a toujours été un homme très difficile. Lorsqu'il perdit sa femme, il perdit en même temps le peu de bon qui était en lui. Du jour au lendemain, il devint encore plus intraitable, encore plus acerbe. Je crois qu'il détestait tout le monde, et son fils en particulier.

– Le duc actuel, monsieur?

– Oui, mademoiselle. A la mort de sa mère, cet enfant avait à peine six ans. Il fut, dès ce jeune âge, privé pour toujours de l'amour maternel.

– Et alors, monsieur? insista Andrina.

– Comme je vous l'ai déjà dit, mademoiselle, le duc n'aimait pas le jeune marquis. Il lui parlait peu et toujours avec dureté. Lorsqu'il lui adressait la parole c'était généralement pour le réprimander. Il l'éloigna de tout ce qu'il aimait, les choses et les êtres... (Andrina comprit que M. Robson avait lui-même beaucoup souffert de n'avoir pas pu soulager la souffrance de l'enfant.) Dès que monsieur Tancred, comme nous l'appelions alors, s'attachait à une nurse ou à une gouvernante, son père les congédiait aussitôt. Le jeune marquis pleura amèrement lorsque sa nurse fut renvoyée et surtout lorsque son père congédia Anstruther, sa gouvernante, une personne très bonne et très douce, qu'il aimait infiniment.

– Mais pourquoi le duc se comportait-il de cette manière envers son propre fils?

– Le duc était malheureux, mademoiselle. Il fallait que son fils le fût aussi. Nous qui aimions l'enfant, nous avons terriblement souffert de le voir persécuté. (Il poussa un profond soupir.) Dès qu'il montrait une préférence pour un des chevaux de son père, celui-ci le vendait aussitôt. A un moment donné, l'enfant eut un chien qu'il adorait. Son père ordonna de le faire piquer!

– De le faire piquer? Oh non! s'écria Andrina, révoltée. C'est monstrueux!

– C'est bien ce que nous pensions, mademoiselle Andrina. Mais nous ne pouvions rien faire et nous n'osions même pas laisser transparaître notre affection pour l'enfant.

– Vraiment, monsieur? A ce point-là?

– Oui, mademoiselle. Le marquis était très fier. Même très jeune, il l'était déjà tant qu'il cachait ses sentiments. Nous savions que sa mère lui manquait terriblement, ainsi que sa nurse et, plus tard, sa gouvernante. Mais il ne se confiait à personne, souhaitant que nul n'en prît conscience. Surtout son père!

– Voilà ce qui l'a rendu cynique, dur, autoritaire... murmura Andrina, comme pour elle-même.

– Oui, c'est ainsi qu'il a édifié cette barrière entre lui et les autres. Il n'aurait pas supporté qu'on eût pitié de lui. Il se donnait des airs de supériorité. Il s'éloignait des autres et les autres s'éloignaient de lui.

Andrina soupira tristement. Elle comprenait maintenant bien des choses qui l'avaient heurtée. Elle comprenait pourquoi il affectait une froide indifférence envers les sentiments d'autrui. Elle comprenait pourquoi il était si tyrannique et si froid...

– Il a été affreusement malheureux! soupira-t-elle, pensive.

M. Robson reprit :

– Je pensais souvent à lui, au point d'en perdre le sommeil! Lorsque son départ pour Eton fut décidé, nous en fûmes très préoccupés. En grandissant, le marquis se mit à se comporter à l'instar de son père, en homme intraitable. Mais c'était un masque. Au fond de lui, le duc est un homme bon et généreux, soucieux de venir en aide aux malheureux. Il cache jalousement aux autres ses meilleures qualités, mademoiselle.

– C'est pourquoi il aide tous ces gens dans le plus

parfait anonymat! dit Andrina en regardant le dossier qu'elle tenait toujours.

M. Robson répéta, d'un air préoccupé :

– M. le duc m'a clairement prévenu que si jamais je divulguais ce trait de son caractère à qui que ce soit, il me congédierait sur-le-champ. Mademoiselle Andrina, mon sort est entre vos mains.

– Ayez confiance en moi, monsieur! Je ne vous trahirai pas. Je vous le promets! Je vous suis infiniment reconnaissante d'avoir accepté de me parler ainsi du duc. Je suis heureuse de connaître la vérité.

– Tout aurait été différent si Mme la duchesse ne nous avait pas quittés. Elle était la bonté même. Tout le monde l'aimait. Le désespoir du duc était compréhensible. La mort d'une jeune personne est d'autant plus cruelle qu'elle laisse un enfant.

Andrina posa le dossier sur le bureau.

– Merci! Merci encore de m'avoir confié tout cela!

– Pas un mot à qui que ce soit, n'est-ce pas, mademoiselle Andrina?

Inquiet, M. Robson insistait.

– Je vous en donne ma parole d'honneur.

Andrina retourna dans sa chambre et se coucha immédiatement. Tellement de choses s'étaient passées au cours de cette interminable journée! Elle aspirait au repos...

Mais elle ne put trouver le sommeil. Mille pensées l'envahissaient. Ainsi cet homme qui se moquait d'elle et l'irritait sans cesse était un être humain! Quelle découverte!

Andrina imaginait ce petit garçon privé de sa mère, condamné à perdre sa nurse et sa gourvernante pour la simple raison qu'il les aimait.

C'était dramatique! Andrina éprouvait une douleur presque physique à la pensée de tant de souffrance. Voilà comment un enfant gai et heureux se transformait en un être dur et glacial – sans autre défense que le cynisme...

Le duc s'était cuirassé contre la souffrance. Tout en hébergeant Andrina et ses sœurs et en acceptant de les prendre en charge, il affectait de ne leur manifester qu'indifférence et réserve, agissant comme s'il voulait être détesté d'Andrina, faisant tout son possible pour lui déplaire. Logique avec lui-même, ou plutôt avec le personnage qu'il s'était fabriqué, il se moquait d'elle et la provoquait sans cesse, résultat navrant de trop de malheur et de solitude.

Etait-ce irréversible ? Le jour ne viendrait-il pas où il trouverait le bonheur ? se demandait Andrina dans son for intérieur.

Elle revoyait l'expression amoureuse d'Hugo Renton à la vue de Cheryl et du ton ardent du garçon lorsqu'il avait demandé à la jeune fille de l'épouser. Quelle gravité pour exprimer une émotion issue du plus profond de lui...

Andrina avait découvert cette même émotion chez le comte Ivan. Sharon et lui s'étaient certainement choisis et acceptés dès les premiers instants de leur rencontre.

Andrina se remémora ces mots, lancés au comte de Crowhurst : « Les coups de foudre n'existent que dans les romans. » Elle reconnaissait, à présent, qu'elle s'était trompée : Sharon et le comte venaient de lui en faire la démonstration. Lady Evelyn avait raison. Ils réussiraient dans la vie, unis par un tel amour.

Et que souhaiter d'autre que cet amour qui nous fait rayonner de bonheur et remplit nos voix d'une chaleur et d'une certitude à la mesure de nos sentiments?

Un jour, peut-être, se dit Andrina comme si elle se racontait une histoire, un petit garçon mal aimé pendant trop d'années trouverait-il cet amour?

Un tel événement, s'il survenait, le métamorphoserait. Il n'aurait plus à se défendre, ni de lui ni des autres. Il ne chercherait plus à se faire passer pour un égoïste et cesserait de cacher comme une tare sa générosité. Seul l'amour pouvait lui rendre l'amour perdu!

La pensée du chien si froidement supprimé hantait la mémoire d'Andrina.

Elle se mit à souhaiter passionnément voir le duc heureux! Et pourtant, elle le détestait...

Certes, mais comment ne pas souhaiter que tant d'années de privation d'amour et de joie soient effacées à tout jamais? Cette souffrance, Andrina la faisait sienne, elle lui brisait le cœur. Elle sentit qu'elle ne pourrait plus s'emporter contre lui. L'image pathétique du petit garçon n'était pas près de la quitter.

Dans un sursaut, elle finit par s'exclamer à voix haute :

– Mais je ne suis pas raisonnable! Je dois dormir! J'aurai beaucoup à faire, demain. Je ferais mieux de songer aux trousseaux de Cheryl et Sharon au lieu de penser au duc!...

Elle se retourna, étreignit à deux bras son oreiller, essaya de dormir... Mais le sommeil la fuyait et une grande tristesse s'emparait d'elle. Elle se reprit en se disant qu'un jour quelqu'un comblerait le duc.

Et tout à coup une petite voix, à l'intérieur d'elle-même, lui souffla : Pourquoi pas toi?

Andrina se redressa, consciente de la nécessité d'analyser cette intuition.

Elle reconnut alors avec sincérité que, bien avant sa conversation avec M. Robson, son chemin, pour être difficile, n'en avait pas moins été bien tracé. En dépit de toutes ses réticences, elle devait admettre la réalité. Malgré leurs disputes, leurs griefs, leurs accusations réciproques et leurs malentendus, et bien qu'elle fût toujours sortie perdante de leurs joutes, le duc l'attirait, irrésistiblement. Et s'ils se querellaient souvent, elle devait reconnaître qu'en l'absence du duc, les réunions l'ennuyaient... Elle s'avouait, maintenant avec franchise, ce qu'elle avait depuis le début refusé d'admettre : elle avait toujours été attirée par lui. Elle avait voulu se persuader du contraire, mais, à la vérité, tout en lui lui plaisait : sa distinction, son caractère très affirmé et même son apparente indifférence.

Elle comprenait enfin qu'elle s'était sans cesse contrainte à éloigner sa pensée de lui, car c'est à lui qu'elle pensait spontanément du matin jusqu'au soir! Elle avait cherché à nier son attirance mais lorsqu'elle s'habillait, c'était pour lui qu'elle cherchait à se rendre séduisante.

Elle était pleinement consciente, à présent, que son cœur battait plus vite lorsqu'il apparaissait. Elle avait pourtant bien réussi à se convaincre qu'il appartenait exactement au genre d'homme qu'elle détestait. Et lady Evelyn l'avait confortée dans cette idée en ne cessant de lui rappeler qu'il était aussi égoïste et égocentrique que son père. En voulait-elle une preuve? Bien que très riche, il n'offrait l'hospitalité à personne, sauf par amusement ou par caprice...

Mais maintenant, Andrina était au courant de ce qu'il faisait pour aider les malheureux, et elle avait découvert la cause de son cynisme : cette enfance privée de tendresse! Son air dédaigneux n'était que l'indice de sa crainte d'être blessé... Ses plaies anciennes n'étaient pas encore cicatrisées!

Etait-il surprenant qu'il l'eût méprisée dès leur première rencontre? Dès l'abord, il l'avait jugée plus intéressée qu'intéressante. Elle l'avait forcé à devenir tuteur. Elle avait exigé d'être présentée avec ses sœurs à la haute société. Il l'avait probablement autant détestée qu'elle avait cru le détester.

Et s'il l'avait mal jugée lors de l'incident dû à la conduite indigne du comte de Crowhurst que pouvait-il penser d'autre? Ne faisait-elle pas figure d'arriviste... cynique, elle aussi!

Andrina regrettait amèrement la raideur de sa propre attitude. Obsédée par sa responsabilité à l'égard de ses sœurs, elle avait négligé tout sentiment pour ce seul objectif : l'argent, la position sociale... Oubliant totalement que la chose la plus importante au monde c'est l'amour.

Elle se revoyait, se donnant toutes les peines du monde pour transformer Cheryl en duchesse alors que sa sœur ne demandait rien d'autre que d'être dans les bras de son cher Hugo. Elle se revoyait agissant de même pour Sharon. Celle-ci avait heureusement été assez intelligente pour ne pas recourir à l'aide de sa sœur.

Andrina conclut humblement qu'elle avait cru bien faire, mais s'était montrée maladroite. Elle avait donné trop d'importance à ce qui n'en avait pas vraiment. Toutes les femmes veulent un mari, mais un mari qu'elles aiment. Le reste vient par surcroît!

Elle avait exagérément vanté la beauté de ses sœurs. Mais n'y avait-il que cela, dans la vie? Quant aux titres et à la fortune, ajoutaient-ils réellement quelque chose aux sentiments?

La beauté, parfois, aveugle et masque la personnalité. Une femme ravissante mais sans cœur et sans âme? Un mariage sans intérêt? Etait-ce cela qui était souhaitable? Comment avait-elle pu s'aveugler à ce point?

Le duc lui avait dit plus d'une fois qu'elle était stupide. Eh bien, il avait raison!

Et Andrina enfouit son visage tourmenté dans son oreiller.

– Il avait raison et j'avais tort, murmura-t-elle plaintivement. Mon Dieu! Je ne sais pas comment cela se fait... mais... je l'aime!

7

Les deux couples s'éloignèrent sous une pluie de riz et de pétales de roses.

On applaudit lorsque leurs voitures s'engagèrent dans la courte allée qui les séparait de Curzon Street. Puis, bavardant et riant, les invités se dispersèrent.

Tout d'abord, il avait été décidé que le mariage se ferait dans l'intimité. Hugo Renton désirait qu'il eût lieu au plus vite.

– Je suis en deuil, disait-il, et j'ai beaucoup de questions à régler, suite à la mort de mon père. Je dois rentrer chez moi le plus rapidement possible.

A l'adresse d'Andrina, il avait ajouté :

– Je ne partirai pas d'ici sans Cheryl! Loin de moi, elle serait préoccupée et inquiète. Quant à moi, j'ai déjà assez souffert de son absence, la sachant ici à Londres, redoutant continuellement qu'elle ne m'oublie.

– Je vous comprends parfaitement, avait affirmé Andrina, sincère.

Une semaine auparavant, elle aurait fait objection, mais ses sentiments pour le duc l'avaient transformée. Elle devenait plus souple et plus compréhensive à l'égard de ses sœurs; elle commençait à ressentir ce qu'elles ressentaient elles-mêmes.

Elle eut l'heureuse surprise de voir le duc intervenir et prendre une nouvelle fois les choses en main.

– Mariez-vous le même jour, déclara-t-il. Ivan m'a affirmé pouvoir obtenir une semaine ou deux de congé pour son voyage de noces. Si vos fiançailles se prolongent, vous ne pourrez plus compter sur vos parents et vos amis qu'à l'automne, quand tout le monde sera de retour à Londres.

Andrina se demanda si ce conseil judicieux provenait de son désir d'être agréable à Cheryl et à Sharon ou si, au contraire, il avait hâte de se retrouver enfin tranquille et seul.

Les deux jeunes couples accueillirent avec allégresse la proposition du duc ainsi que toutes ses autres suggestions. La date du mariage fut très vite décidée et tous les préparatifs mis en route. Andrina et ses sœurs pensaient d'abord n'inviter que les proches parents des familles respectives. Mais elles s'aperçurent bientôt qu'il était indispensable d'élargir le cercle de leurs invités.

En premier lieu, on ne pouvait pas omettre l'ambassadeur de Russie et la princesse de Lieven. Puis Hugo annonça qu'il fallait inviter non seulement ses sœurs et sa grand-mère, mais aussi de nombreux cousins.

Enfin lady Evelyn affirma que les parents du côté Broxbourne ne leur pardonneraient jamais de n'avoir pas reçu d'invitations.

Finalement, l'église St. George serait pleine et les salons de Broxbourne House à nouveau grands ouverts. On ne convierait que les parents et amis intimes au repas de noces et, après la cérémonie à l'église, on servirait du champagne.

Au grand soulagement d'Andrina, M. Robson accepta de se charger de tous les détails du mariage, y compris la liste des invités. Elle serait ainsi libre de s'occuper des trousseaux de ses sœurs. Ce qui représentait déjà une lourde charge.

– Ont-elles vraiment besoin de tant de choses? s'étonna un jour lady Evelyn. La mode aura changé avant qu'elles aient pu porter ce linge et toutes ces robes!

Mais Andrina ne tint pas compte de ces remarques et continua d'acheter des toilettes, du linge, et toutes sortes de choses. Elle voulait, pour ses sœurs, les plus beaux trousseaux. Elle se demandait toutefois si l'argent dont elle disposait suffirait à couvrir les frais. Elle s'interrogeait non sans avoir la certitude de s'être déjà fortement endettée.

Elle aurait voulu en parler au duc, mais elle n'en trouva pas le temps avant les mariages. Elle était débordée. Cheryl et Sharon ne cessaient de la consulter et lady Evelyn ne lui était pas d'un grand secours. Le soir, en se couchant, Andrina était si épuisée qu'elle s'endormait la tête à peine sur l'oreiller.

Heureusement, la présence du duc la réconfortait. Quelquefois, elle l'apercevait au loin, montant son cheval noir, ou bien il venait les rejoindre un moment, avant le repas. Mais il semblait ne jamais être libre pour le dîner.

S'ennuyait-il en leur compagnie? se demandait Andrina. Ou voulait-il tout simplement se montrer discret, pensant que son absence les mettrait à l'aise? Evidemment, les deux jeunes couples se suffisaient à eux-mêmes! Au point qu'Andrina, par moments, se sentait de trop... Elle avait tellement pris l'habitude de s'occuper de ses sœurs, d'être le centre de leur univers, qu'elle ressentait maintenant un vide... et une certaine jalousie.

En dehors des questions pratiques, ses sœurs la négligeaient. Elles n'avaient plus d'yeux que pour leurs fiancés.

Grâce à toutes ses occupations, Andrina n'avait pas encore vraiment eu le temps de penser à ce que serait sa vie après le mariage de ses sœurs. Cependant, à mesure que la date des noces approchait, elle devenait songeuse...

Parfois, elle s'étonnait de ne pas avoir d'admirateurs. Et elle constatait que les jeunes hommes qui lui avaient fait la cour aux réceptions ne cherchaient pas à la revoir. Ils ne lui envoyaient même pas de fleurs... Elle se demandait pourquoi.

Bien sûr, elle était soulagée de ne plus voir le comte de Crowhurst. De temps en temps, elle l'apercevait de loin, mais il ne tentait même pas de l'approcher. Le duc lui avait certainement clairement fait comprendre qu'il devait la laisser en paix. Il ne l'importunerait plus.

Mais pouvait-elle en être vraiment sûre?

Que ferait-il lorsqu'elle ne serait plus sous la tutelle du duc, lorsqu'elle serait rentrée chez elle et se trouverait seule à Manor House? A ce moment-là, il lui serait très facile de s'imposer à elle s'il le désirait. Et qui, alors, viendrait à son secours? Andrina s'efforçait d'écarter ces pensées mais elles lui revenaient à l'esprit de plus en plus souvent, au point de la réveiller la nuit, prise de panique.

Malgré son inquiétude, Andrina était très heureuse en avançant dans la nef de l'église St. George, derrière ses sœurs. Le duc donnait son bras droit à Sharon et son bras gauche à Cheryl. Elles marchaient très lentement, toutes deux belles et admirées des nombreux invités.

La robe de Cheryl était en tulle blanc orné de dentelle et de fleurs d'oranger. Le visage ravissant et les beaux cheveux de la jeune fille étaient recouverts d'un voile très fin : charmante de fraîcheur et de simplicité, elle tenait dans ses mains un bouquet de roses et de muguet.

La robe de mariage de Sharon, en lamé doré, contrastait avec celle de sa sœur. Un diadème de diamants parait les magnifiques cheveux noirs de la cadette et son bouquet était composé d'orchidées. On aurait pu la prendre pour une princesse persane, empreinte de mystère et de séduction.

Mais personne ne pouvait être plus distingué et plus beau que le duc, songeait Andrina, les contemplant tous les trois.

Brossée en coup de vent – une mode lancée, depuis peu, par le Prince-Régent –, sa chevelure lui seyait à merveille. Il portait une décoration de diamant à la boutonnière, et s'avançait du même pas que les deux fiancées, formant avec elles un trio d'une parfaite harmonie.

Les chants, le parfum des lys et de l'encens, la cérémonie avaient ému Andrina jusqu'aux larmes.

Lorsque Cheryl et Sharon quittèrent la nef avec leurs maris, elle crut entendre des anges invisibles chanter un hymne aux jeunes mariés.

– Je suis tellement heureuse, Andrina! s'exclama Cheryl en embrassant sa sœur.

Déjà habillée pour le voyage, elle se préparait à partir.

– J'en suis ravie, ma chérie! Hugo s'occupera de toi. Quant à moi, je te verrai très bientôt, je pense.

– Je suppose que tu rentreras à Manor House? J'en serais très heureuse!

– Moi aussi! déclara Andrina, sans conviction.

Sharon avait quelque chose de bien différent à dire à sa sœur aînée.

Andrina la trouva dans sa chambre. Sharon portait une robe vert émeraude, très seyante, et apportait quelques retouches à sa tenue de voyage en se regardant dans une grande glace qui lui reflétait le visage de sa sœur.

– Que vas-tu faire, maintenant, Andrina? demanda-t-elle.

– Mettre de l'ordre dans la maison, je suppose... répliqua Andrina souriante.

– Oui, naturellement! Mais je veux dire, après cela? insista Sharon. Tu ne vas pas pouvoir rester ici bien longtemps. Comme tu le sais, lady Evelyn envisage de faire un voyage en France. Elle a été invitée chez notre ambassadeur à Paris. Elle en est tout excitée, comme tu peux l'imaginer.

– Je rentrerai à Manor House, dit Andrina mélancolique.

– Je m'aperçois que j'ai été bien égoïste. Cheryl et moi, nous avons été si occupées par notre mariage que nous t'avons oubliée! Tu es l'aînée. Tu aurais dû te marier la première.

– Je resterai probablement célibataire.

– Je parie que non! Hâte-toi de trouver un mari, Andrina! C'est merveilleux d'aimer! C'est si bon d'être deux! Tu es faite pour cela! Tu seras la meilleure des épouses!

Sa voix était douce et ses yeux brillaient; elle pensait à Ivan. Puis, comme si elle ne pouvait pas rester plus longtemps éloignée de lui, elle s'écria :

– Je dois m'en aller! Merci pour tout, ma chérie! Je n'aurais pas rencontré Ivan si tu n'avais été si merveilleuse. Je ne t'oublierai jamais!

– Bonne chance, ma chérie! dit Andrina.

Mais Sharon était déjà loin. Elle descendait l'escalier en courant comme si elle avait peur de voir Ivan partir tout seul.

Avant de quitter Broxbourne, les deux jeunes mariées remercièrent chaleureusement le duc. Cheryl était un peu intimidée, mais Sharon, plus spontanée, l'entoura de ses bras.

– Un grand merci, monsieur! dit-elle en l'embrassant. Vous avez été un tuteur parfait. Personne n'aurait pu être plus dévoué et plus généreux que vous!

Andrina sursauta en voyant Sharon embrasser le duc.

Pourtant, elle avait rêvé de faire de Sharon la duchesse de Broxbourne. Elle constatait, à présent, qu'elle n'aurait pu supporter de se trouver près de lui, de le voir, et de n'être que sa belle-sœur... Elle aurait préféré ne plus le voir du tout! Elle aurait connu la honte de la jalousie sans pouvoir s'interdire de l'éprouver.

Enfin, tous les invités s'en allèrent.

Lady Evelyn partit, elle aussi, dîner avec des parents, venus à Londres pour le mariage et qui devaient repartir tôt le lendemain.

– Etes-vous contente, Andrina? lui demanda-t-elle en se dirigeant vers la porte.

– Très contente, madame! répondit Andrina.

Et, brusquement, tout lui parut morne... Elle s'immobilisa, les bras ballants, sans trop savoir quoi faire. C'est alors qu'elle entendit, près d'elle, la voix du duc :

– Tout ira très bien, Andrina! Ne vous inquiétez pas! Voulez-vous me suivre dans la bibliothèque?

C'était la seule pièce de la maison où l'on ne trouvait aucun indice des festivités. Toutes les autres avaient été envahies de cadeaux, de fleurs, et aussi, naturellement, de verres et d'assiettes vides ou à demi vides, que les domestiques s'employaient à faire disparaître.

La bibliothèque avait au contraire son apparence habituelle, évocatrice de la vie de tous les jours.

La fête est finie, songea Andrina. Maintenant il me faut prendre des décisions pour l'avenir. Je dois à nouveau envisager sérieusement les questions pratiques.

Elle traversa la pièce, consciente que le duc la suivait des yeux. Reconnaissait-il la robe qu'elle portait? C'était celle qu'elle avait mise le soir de leur plus sérieuse querelle, lorsqu'elle revenait du jardin en courant pour échapper au comte de Crowhurst.

Andrina avait en effet trouvé inutile d'acheter une autre robe alors qu'elle n'avait porté celle-ci qu'une seule fois. Mme Bertin l'avait habilement retouchée pour en faire une vraie robe de demoiselle d'honneur.

Aujourd'hui encore, Andrina n'avait pas voulu se parer des bijoux de la famille Broxbourne et portait la même guirlande que le soir du premier bal à Broxbourne House.

– Asseyez-vous, Andrina. Désirez-vous prendre quelque chose?

– Nous avons déjà beaucoup bu et mangé aujourd'hui, il me semble, monsieur.

– Je veux vous parler, Andrina!

– Vraiment, monsieur?

– A votre sujet! Quels sont vos projets pour l'avenir, Andrina?

– Sharon m'a posé la même question... J'ai l'intention de rentrer à Manor House, monsieur.

– A Manor House?

– Je n'y serai pas seule. Notre fidèle servante Sarah m'y attend.

– Croyez-vous que vous serez bien protégée par cette vieille femme?

Pensant au comte de Crowhurst, Andrina hésita. Puis elle redressa la tête.

– Je prendrai mes dispositions, monsieur.

– Je n'ai pas très confiance en vous. Je me souviens de certaines expériences antérieures...

Andrina voulait parler d'autre chose. Elle prit les devants.

– J'ai moi aussi à vous parler, monsieur, mais d'un autre sujet.

– Lequel donc?

– Maintenant que mes sœurs sont mariées, pourrais-je savoir de combien exactement je vous suis redevable?

Le duc garda le silence et Andrina reprit :

– J'ai vu le prix des choses, monsieur. Je suis sûre que nous avons beaucoup plus dépensé que les cinq cents livres obtenues par la vente du collier de ma mère. Veuillez me dire, je vous prie, le montant de ma dette envers vous.

– La plupart des femmes sont contentes d'avoir quelqu'un qui paie pour elles, Andrina!

– Si c'est vrai, alors je suis différente de toutes les femmes que vous connaissez, monsieur. Je ne veux rien vous devoir.

– Très bien!

Le duc marcha jusqu'à son bureau, y prit un papier et le tendit à Andrina.

Celle-ci s'attendait à y trouver une liste de tous ses achats et de leur prix. Au lieu de quoi, le papier était à l'en-tête de Hunt and Roskell, bijoutiers très connus. Elle lut ce qui y était écrit :

Conformément à vos instructions nous avons procédé à l'estimation du collier indien.

Nous avons l'honneur de vous informer que ce collier est un bijou artisanal assez original, pouvant intéresser les amateurs de ce genre d'objets, mais qui n'a aucune valeur. Les rubis et les perles sont vrais mais de médiocre qualité. Les émeraudes sont fausses. Nous jugeons donc que dans une salle des ventes ce collier ne rapporterait que quarante ou cinquante livres.

Nous vous prions d'agréer, Monsieur, l'expression de nos sentiments les meilleurs.

Hunt and Roskell.

Andrina pâlit.

– Ce n'est pas possible!

Mais elle se souvenait que son père achetait facilement des objets qu'il trouvait agréables et originaux sans se soucier de leur valeur réelle.

– Alors, monsieur, je vous dois... beaucoup d'argent... dit-elle, haletante.

– Oui! Une somme assez importante! confirma le duc.

Elle sentit qu'il se réjouissait de la voir troublée, se redressa avec dignité et déclara :

– Très bien! Je paierai tout ce que je dois, monsieur. J'y tiens absolument, mais... cela demandera du temps.

– Cela prendra une vie!

– Peut-être pas une vie, monsieur, mais plusieurs années, en tout cas.

Andrina réfléchit. Sans la charge matérielle de ses sœurs, elle pourrait peut-être rembourser cent livres par an sur son maigre revenu. Pour y arriver, il faudrait évidemment ne dépenser que le strict nécessaire et ne rien acheter pour elle.

Elle était accablée : l'idée d'une dette traînant pendant des années la terrifiait. Elle avait la sensation pénible de s'enfoncer dans un interminable tunnel au bout duquel elle ne trouverait pas de lumière.

Eberluée, elle contemplait la lettre des bijoutiers.

– Depuis que vous me connaissez, Andrina, l'avertit le duc, vous devez savoir que je ne donne jamais rien pour rien. Je veux donc être dûment remboursé. J'ai beaucoup dépensé pour vous trois.

– Monsieur... je vous rembourserai tout... aussitôt que possible, balbutia Andrina dont la tête jonglait avec les chiffres, tentant de calculer combien de temps représenterait l'acquittement de sa dette. Le duc avait peut-être raison, cela risquait fort de la poursuivre toute sa vie...

Sans sourciller, le duc lui lança :

– Je préfère être payé tout de suite!

Elle leva la tête et le regarda. Ses yeux préoccupés, son visage pâli trahissaient le choc qu'il venait de lui infliger.

– Tout de suite, monsieur? répéta-t-elle. Mais... cela ne m'est guère possible! Cela n'est pas possible!

– Détrompez-vous, Andrina! Ce sera très simple, si toutefois vous êtes d'accord avec ce que je vais vous proposer.

– Ah! Que me proposez-vous, monsieur?

Elle l'interrogeait avec empressement, suspendue à ses lèvres, tendue par cet espoir de solution...

– De m'épouser! articula-t-il sur un ton flegmatique.

Elle ne comprit pas tout de suite. Avait-elle bien entendu? Leurs regards se croisèrent. Elle se cramponnait au bureau. Une sensation étrange et merveilleuse l'envahissait.

Face à face, ils se tenaient immobiles, silencieux.

Etourdie, Andrina ne comprenait pas ce qui se passait. Etait-ce un rêve ou la réalité? Il lui sembla que beaucoup de temps s'était écoulé lorsque le duc l'interpella :

– Andrina! J'attends une réponse!

Et comme elle se taisait, il spécifia :

– Comprenez bien, Andrina! Je vous demande en mariage!

– Mais pourquoi, monsieur? murmura-t-elle dans un filet de voix.

Il détourna les yeux puis, s'éloignant de son bureau, marcha jusqu'à la cheminée où il s'arrêta, lui tournant le dos, selon son habitude.

Restée assise, Andrina se taisait.

– Il me faut... une femme, expliqua le duc après un moment d'hésitation.

Et Andrina discerna chez lui une gêne inhabituelle.

– Dans ce cas, monsieur, vous n'avez, je pense, que l'embarras du choix!

Elle avait parlé très bas mais il l'avait comprise.

– Non! C'est vous que je veux! s'écria-t-il d'une voix rauque.

– Mais pourquoi, monsieur? insista-t-elle.

Elle ne savait que dire, tant l'émotion la bouleversait. Il lui sembla soudain que la pièce était baignée de soleil et qu'elle résonnait de ce chœur d'anges qu'elle avait cru entendre à l'église.

– Dois-je vous donner une explication? demanda le duc, volontairement dur. Je vous ai demandée en mariage. Cela ne suffit-il pas?

Très lentement, Andrina s'avança vers lui jusqu'à lui faire face. Alors elle scruta son visage et ce qu'elle y lut était radicalement différent de ce qu'il venait de dire. Elle en fut touchée, sans réussir à trouver les mots pour exprimer son émotion.

Devant son silence, il reprit, tenace, et assez impatient :

– J'attends toujours votre réponse, Andrina! Il faut vous marier, maintenant. Vos sœurs ne sont plus à votre charge. Vous ne pouvez tout de même pas vivre seule à la campagne, Andrina! Vous avez besoin d'un mari!

– Je n'ai guère le choix... Jusqu'ici, personne ne s'est intéressé à moi sauf, hélas! le comte de Crowhurst.

– Pas du tout! Vous avez eu quelques candidats : deux pairs, un baronnet, quelques autres célibataires et même... un Français!

Andrina en fut abasourdie.

– Voulez-vous dire, monsieur, que vous les avez éconduits?

– Je suis votre tuteur. Aucun d'eux ne m'a paru vous convenir.

– Monsieur! Comment osez-vous disposer ainsi de ma personne?

En prononçant ces mots, elle s'aperçut que c'étaient ceux qu'elle disait inéluctablement lorsqu'elle se fâchait contre lui. Et elle était obligée de reconnaître que, même si les hommes qu'il avait écartés comme prétendants se jetaient maintenant à ses genoux pour l'épouser, elle les trouverait aussi déplaisants que le comte.

Elle n'aimait qu'un seul homme. Il remplissait sa vie à l'exclusion de tout autre, et il lui demandait sa main. Il le faisait à sa manière, étrange, et c'est cela qui la paralysait...

Manière étrange, certes, mais maintenant qu'elle connaissait le secret de sa vie, combien compréhensible! Elle ne pouvait pas trahir M. Robson, et souhaitait pourtant aider le duc. Qui sait? Peut-être lui raconterait-il lui-même un jour l'histoire de sa triste vie.

– Vous n'aviez pas le droit de les empêcher de me voir! dit-elle sans grande conviction.

Elle savait bien que tout cela n'avait plus aucune importance.

– Vous avez été très contente d'être débarrassée du comte de Crowhurst, il me semble!

– C'était un cas à part... Comme vous le savez, monsieur, il était parfaitement indésirable!

– Quoi qu'il en soit, ce que vous cherchez comme mari, c'est le meilleur parti, le meilleur de tous, n'est-ce pas, Andrina? Alors : épousez-moi! Je doute que vous puissiez trouver mieux que moi... comme « bon parti ».

– Mais enfin, êtes-vous sûr que vous voulez vous marier?

– Comment pourrais-je vous surveiller sans cela? Vous ne pouvez pas rester chez moi plus longtemps sans donner cours à des bavardages. Et puis, je crois qu'il arrive un moment dans la vie d'un homme où il doit se fixer et prendre femme. (Il se tut un moment, affichant un sourire cynique.) Comment trouverais-je ailleurs une femme aussi belle que vous? Vous ferez, je vous l'assure, honneur aux bijoux de la famille!

Andrina sentait à quel point il rentrait dans sa coquille pour se défendre d'elle et lui cacher ses sentiments.

Mais pouvait-elle en être absolument sûre? Ne se berçait-elle pas d'illusions? Elle l'aimait d'une façon tellement irrésistible qu'elle était incapable de raisonner froidement. Elle n'était sûre que du tumulte qui se déchaînait en elle.

Il attendait sa réponse, apparemment confiant et sûr de lui-même. Mais la sensibilité exacerbée d'Andrina l'avertissait qu'il n'était pas aussi calme qu'il en avait l'air.

– Andrina! J'attends votre réponse! Je l'attends même avec impatience!

Il se montrait à nouveau sarcastique mais, à présent, il ne l'intimidait plus. Croisant les mains comme si elles avaient le pouvoir de lui donner le courage nécessaire, Andrina le regarda d'un air décidé, et lui répondit d'une voix faible, mais en articulant très clairement :

– Je vous remercie, monsieur, de votre demande en mariage. C'est très flatteur pour moi. Mais je me vois dans l'obligation de décliner l'honneur de devenir votre femme!

Elle le regarda dans les yeux et balbutia :

– Pourtant... je vous aime. Pourtant, ce que je désire le plus au monde, c'est de vous rendre heureux. J'ai donc décidé de vous appartenir comme vous le vouliez lors de notre première rencontre.

Les joues en feu, Andrina peinait à retrouver son souffle, mais elle ne cessa pas de soutenir le regard du duc.

L'expression de ce dernier avait complètement changé.

– Comprenez-vous ce que vous me dites, Andrina? s'exclama-t-il d'une voix étranglée.

– Oui! Je le comprends parfaitement! Seriez-vous capable de croire que je vous épouse seulement par amour? Non! Or, je ne pourrais supporter l'idée que vous pensiez tôt ou tard que je ne vous ai épousé que pour vos titres et votre fortune! Je ne veux rien de vous, si ce n'est... de l'amour!

Elle trébucha sur les derniers mots.

Le duc ne bougea pas. Il paraissait pétrifié. Ne pouvant se contenir davantage, Andrina s'approcha.

– Je vous en prie, Tancred, aimez-moi! murmura-t-elle. Je vous aime de tout mon être!

Très lentement, le duc entoura Andrina de ses bras. Avec des yeux étonnés, comme s'il n'arrivait pas à croire ce qui lui arrivait, il contempla le beau visage tourné vers le sien. Puis, doucement, il embrassa ses lèvres.

Le temps d'un éclair, Andrina fut saisie de crainte. Et si la magie de leur premier baiser n'allait pas se reproduire?

Mais non! Son corps était traversé par la même sensation indéfinissable, douleur et ravissement mêlés.

Elle avait éprouvé ces sensations lorsqu'il l'avait embrassée pour la première fois, mais cette fois-ci c'était encore plus intense et merveilleux : ils étaient en accord! Elle ne se sentait plus elle-même, mais plutôt partie de lui. Tout tournait autour d'elle. Une lumière dorée, aveuglante, envahissait la pièce...

Il n'y avait plus au monde que les bras du duc qui l'enlaçaient et leurs lèvres réunies.

Assise sur son lit, Andrina attendait son mari.

Après l'avoir aidée à se déshabiller, ses femmes de chambre se retirèrent, en lui faisant une révérence et en lui souhaitant : « Bonne nuit, madame la duchesse! » Désormais, Andrina était duchesse! Il lui faudrait s'habituer à porter ce titre.

Elle avait du mal à comprendre qu'elle était mariée.

Fidèle à lui-même, le duc avait tout arrangé d'avance, jusqu'au dernier détail, sans oublier la dispense de bans.

– Mais je ne veux pas me marier avec vous! avait-elle protesté lorsqu'il lui avait présenté le document.

– Vous m'épouserez! avait-il affirmé impétueusement. Croyez-vous que je vais prendre le risque de vous perdre? Que je vais permettre à d'autres hommes de vous approcher? Je veux vous avoir près de moi jour et nuit!

– Aviez-vous eu la pensée de m'épouser... avant aujourd'hui?

– Bien sûr!

– Depuis quand avez-vous découvert que vous vouliez m'épouser?

Il avait hésité; elle savait qu'il lui était difficile de répondre à sa question.

– Je n'avais pas terminé de vous embrasser, à l'auberge, que, déjà, je le savais!

– Pourtant, vous n'avez rien fait pour me revoir.

– Vous vous trompez! En arrivant à Londres, j'ai tout de suite envoyé un domestique au terminus des diligences pour qu'il se renseigne à votre sujet. Evidemment, il cherchait Mlle Morgan! Et pendant qu'il la cherchait, Mlle Maldon arrivait dans ma bibliothèque!

– Alors... le baiser fut aussi merveilleux pour vous que pour moi? Vous donniez l'impression de me détester. Vous sembliez désapprouver tout ce que je faisais!

Il avait répliqué d'une voix bourrue :

– J'étais jaloux!

– Pourquoi ne pas me l'avoir dit?

– Vous me déclariez souvent que vous me détestiez. Je n'en étais, d'ailleurs, pas surpris. Au contraire, je m'y attendais. Mais en même temps, je vous désirais pour moi. Je n'avais certes pas l'intention de permettre à un autre homme de vous conquérir, si je pouvais l'en empêcher! Voilà pourquoi j'ai renvoyé tous vos admirateurs. Ils se sont retirés la queue basse, comme on dit!

– Il me semble que vous trichiez. Ce n'était pas le jeu!

– Je ne fais pas attention aux règles. Je prends ce que je veux!

Encore une fois, il voulait donner l'impression d'être plus méchant qu'il ne l'était réellement, avait pensé Andrina.

Mais elle avait cessé de protester et l'avait accompagné à l'église où le pasteur, mandé par le duc, les attendait déjà.

Pendant le trajet, ils gardèrent le silence. Ce n'est qu'en arrivant à l'église St. George qu'Andrina demanda :

– Etes-vous sûr que vous voulez vous marier? J'étais parfaitement sincère quand je vous ai affirmé que je resterais avec vous, même sans être votre épouse.

– Je le sais!

Il tendit la main, saisit le menton d'Andrina et le tourna vers lui.

– Croyez-vous pouvoir me mentir? Je connais chaque expression de vos yeux, chaque inflexion de votre voix! Je ne peux pas vivre sans vous! Vous vouliez que je le dise, n'est-ce pas? Eh bien, c'est chose faite!

Il l'embrassa.

Ce fut un baiser rapide, très délicat, car la voiture s'arrêtait. Mais Andrina tressaillit de joie en sentant à quel point le duc brûlait de passion.

Leur mariage fut tout à fait différent de ceux de Cheryl et Sharon. Pas d'assistance ni de chants; la musique douce de l'orgue accompagna seule la cérémonie. L'air était embaumé par la senteur des lys. Les ombres projetées par les bougies semblaient peupler l'église d'invités invisibles.

Andrina sentait la présence de sa mère près d'eux, priant pour leur bonheur. La mère du duc, elle aussi, devait être là, priant pour que son fils retrouve l'amour perdu lors de sa disparition.

A genoux, Andrina priait pour que tombe cette muraille qui emprisonnait le duc.

Sa tâche n'allait pas être facile. Il faudrait briser cette carapace qui lui servait de protection, épaissie par des années d'orgueil, de cynisme et de ressentiment.

– Aidez-moi, mon Dieu! Aidez-moi! suppliait-elle. Faites-moi m'oublier moi-même pour ne penser qu'à lui! Montrez-moi ce que je dois faire pour le rendre heureux et ne pas commettre trop d'erreurs!

En sortant de l'église, le duc lui baisa la main, mais il ne la prit pas dans ses bras.

La solennité de la cérémonie qui venait de les unir les avait détachés du reste du monde. Ils étaient trop émus pour parler.

Un repas simple, en tête-à-tête, les attendait dans un salon intime. Après le dîner, ils parlèrent longuement de choses et d'autres. Mais plus tard, Andrina ne put se souvenir de ce qu'ils avaient échangé.

Il était tard. Cette journée fertile en événements s'achevait. Andrina était lasse, elle se leva.

Le duc l'accompagna jusqu'au vestibule mais il ne la suivit pas dans l'escalier. Il se contenta de la contempler jusqu'au moment où elle disparut à ses yeux.

Andrina regardait autour d'elle... La chambre des duchesses de Broxbourne était une énorme pièce magnifiquement décorée, donnant sur le jardin.

Un grand lit trônait au centre, entouré de rideaux de soie bleue, doublés de mousseline et suspendus à une couronne de bois sculpté, ornée d'anges dorés.

Assise, le dos bien droit, Andrina s'appuyait sur des coussins moelleux bordés de dentelle. Ses longs cheveux soyeux tombaient jusqu'à sa taille. Andrina attendait le duc. Mais il tardait...

La porte s'ouvrit enfin et il entra, plus grand et plus imposant que jamais. Avait-elle cette impression parce qu'il portait une très longue robe de chambre? Ou, au contraire, se sentait-elle bien petite, assise sur ce grand lit, au milieu de cette chambre immense, la plus grande et la plus belle qu'elle eût jamais vue?

A son approche, le cœur d'Andrina s'affola d'appréhension et sa gorge se serra. Le duc s'arrêta à côté du lit et contempla longuement ses grands yeux pleins d'attente et de tendresse.

– Vous êtes si belle! s'émut-il.

– Vraiment?

– Oui! Vraiment! Car si Cheryl est jolie, elle est assez insignifiante. Sharon, elle, sera dans quelques années une ambassadrice très conformiste et très distinguée.

– Serais-je plus... intéressante qu'elles?

– Pour moi, il n'y a jamais eu que vous d'intéressante!

Andrina savoura ces mots : c'était la première fois que le duc lui faisait un compliment.

– Votre .visage a sa beauté. Elle est particulière, mais pour moi c'est justement un grand attrait, murmura-t-il comme s'il se parlait à lui-même.

Il s'assit au bord du lit. Ses yeux ne la quittaient pas. Il lui dit d'une voix assourdie :

– J'ai peur, Andrina!

Elle ne s'attendait pas à un tel aveu.

Il reprit :

– Vous m'avez dit que vous m'aimez. Je redoute de dire ou de faire quelque chose qui puisse changer cet amour en haine. Je ne pourrais pas supporter que vous me haïssiez, Andrina!

Elle soupira profondément. Soudain, elle comprenait tout.

Cet homme qui parlait n'était plus le duc cynique, despotique et arrogant qu'elle connaissait. Il était redevenu le petit garçon qui avait perdu tout ce qu'il aimait. Et il avait à nouveau peur de perdre ce qu'il chérissait.

Le moment était venu de forcer ses défenses, de les ébranler. Mais elle se sentait impuissante et désarmée.

– Je ne sais plus faire preuve de bonté, reprit-il. Si tant est que j'en aie jamais été capable! Je me suis contraint à être dur et indifférent aux sentiments de tous et à ne tenir compte que des miens. Mais croyez, Andrina, que vos sentiments à vous me touchent profondément. J'ai besoin de votre amour! Je le veux désespérément! Aidez-moi à être comme vous voulez que je sois!

Subitement la jeune fille sut ce qu'il fallait faire. Elle sourit, son visage s'illumina et elle tendit tout simplement ses bras vers lui.

– Rien de ce que vous pouvez dire ou faire ne pourra me choquer ou m'effrayer, affirma-t-elle doucement. Je vous aime comme vous êtes. Je vous aime de tout mon cœur et de toute mon âme! Tout mon être est à vous! Que pourrais-je vous donner de plus?

Le duc en fut bouleversé. Il se pencha vers elle jusqu'à laisser reposer sa tête sur son épaule.

– Oh, Andrina, est-ce possible? Est-ce vrai? demanda-t-il d'une voix inégale, étrange... comme si quelque chose venait de se briser en lui.

Des larmes coulaient de ses yeux tandis qu'il étreignait Andrina.

Comme Cheryl autrefois, il avait lui aussi besoin d'elle. Elle l'entoura de ses bras et effleura amoureusement de ses lèvres les cheveux de son mari.

– Je vous aime plus que je ne pourrai jamais l'exprimer, murmura-t-elle. Nous avons tellement de choses extraordinaires à faire ensemble! Moi aussi, Tancred, j'ai beaucoup à apprendre de vous. Comme vous me l'avez souvent répété, je suis un peu... étourdie! Alors que vous, vous êtes tellement avisé! (Elle soupira.) Pendant notre cérémonie de mariage j'ai pensé que si vous n'étiez pas duc et n'aviez pas tant d'argent, je pourrais vous prouver mon amour bien plus facilement. Mais nous voici tout proches l'un de l'autre. Rien d'autre n'est plus essentiel! Peu importe qui nous sommes. Notre vraie richesse, c'est d'être un homme et une femme qui s'aiment et qui vont avoir le bonheur de pouvoir vivre ensemble!

Le duc releva la tête. A la lumière tamisée des bougies, Andrina vit que ses joues étaient encore humides et que ses yeux étincelaient.

– Je veux que notre amour soit merveilleux, unique! Je veux qu'il se révèle plus fort que tout, ma chérie!

– Oh! Tancred! Comme c'est bon d'être près de vous! Je veux vous appartenir totalement, mon chéri! Je veux que vous m'appreniez l'amour...

Le bonheur avait métamorphosé le visage du duc! Andrina ne l'avait jamais vu ainsi, rajeuni, heureux.

D'une voix encore troublée, Tancred affirma :

– Je vous aime, Andrina! Je vous ai toujours aimée! Je vous attendais depuis si longtemps... J'ai du mal à croire que vous êtes à moi, rien qu'à moi, pour toujours!

– Je ne souhaite qu'une chose, c'est de rester à jamais près de vous, mon amour!

Ils s'étreignirent plus intimement. Les mains du duc bouleversaient Andrina. Ses lèvres suscitaient en elle un flot brûlant de passion.

– Aimez-moi, ma chérie, aimez-moi! Dieu seul sait combien j'ai besoin de votre amour!

– Je vous aime passionnément, Tancred!

Alors, une extase inexprimable les emporta dans un monde qui n'appartenait qu'à eux.

L'univers illimité de leur amour!

Barbara Cartland

Découvrez, sans plus attendre, les autres romans de Barbara Cartland, la reine incontestée du roman sentimental. Voici la liste de ses romans actuellement disponibles.

Que notre bonheur dure
N° 1204 Cat. E
La belle et le léopard
N° 1215 Cat. E
Les larmes de l'amour
N° 1228 Cat. E
La nymphe de Montmartre
N° 1239 Cat. E
Les détours de l'amour
N° 1251 Cat. E
Pas d'ombre sur notre amour
N° 1262 Cat. E
Le prince et le pékinois
N° 1263 Cat. E
Sous le soleil de Grèce
N° 3775 Cat. E
Les sortilèges du cœur
N° 3809 Cat. E
L'homme de mes rêves
N° 3842 Cat. E
La beauté trahie
N° 3986 Cat. E
L'éternité de l'amour
N° 4017 Cat. E
Le roi et elle
N° 4040 Cat. E
Fuite en Cornouailles
N° 4059 Cat. E
Coup de foudre en Écosse
N° 4070 Cat. E
Sous le ciel de Bahreïn
N° 4071 Cat. E
Un amour exceptionnel
N° 4101 Cat. E
Je ne veux pas te perdre
N° 4145 Cat. E
Le roi solitaire
N° 4146 Cat. E
Un nouveau bonheur
N° 4269 Cat. E

Fragile bonheur
N° 4296 Cat. E
Passeport pour le bonheur
N° 4315 Cat. E
L'incomparable Irina
N° 4473 Cat. E
La petite brodeuse
N° 4546 Cat. E
Quand vient l'amour
N° 4581 Cat. E
Rendez-vous à Calcutta
N° 4603 Cat. E
Beau omme Apollon
N° 4632 Cat. E
L'inconnu du petit bois
N° 4633 Cat. E
Idylle en Écosse
N° 4666 Cat. E
Échange de cœurs
N° 4717 Cat. E
Lune de miel au Népal
N° 4718 Cat. E
Le domaine de l'amour
N° 4762 Cat. E
Passions orientales
N° 4763 Cat. E
Un mariage sans amour
N° 4779 Cat. E
L'ange et le marquis
N° 4846 Cat. E
Le lac de l'amour
N° 4847 Cat. E
Symphonie berlinoise
N° 4877 Cat. E
Fiançailles impromptues
N° 4878 Cat. E
Un ange au château
N° 4905 Cat. E
Le diadème de l'amour
N° 4955 Cat. E

La mariée sans visage
N° 4979 Cat. E
Une si jolie cambrioleuse
N° 5018 Cat. E
Princesse en fuite
N° 5042 Cat. E
La fugitive de l'amour
N° 5073 Cat. E
Un terrible malentendu
N° 5074 Cat. E
Séréna
N° 5079 Cat. M
Les caprices de Malvina
N° 5099 Cat. E
Les trésors de l'amour
N° 5100 Cat. E
L'amour pour seule richesse
N° 5164 Cat. E
La passagère de l'amour
N° 5165 Cat. E
Le vœu d'Alicia
N° 5187 Cat. E
Cache-cache amoureux
N° 5188 Cat. E
L'amour ou la fortune
N° 5210 Cat. E
Secret love
N° 5229 Cat. E

6 ROMANS RELIÉS EN UN VOLUME (28 FRANCS)

Un amour en danger, suivi de: La princesse oubliée
N° 4693 Cat. G
Un amour sans fortune, suivi de: Les illusions du cœur
N° 4694 Cat. G
L'amour comme un espoir, suivi de: Tempête amoureuse
N° 4956 Cat. G
Miracle pour une madone, suivi de: Douce enchanteresse
N° 4957 Cat. G
Le port du bonheur, suivi de: Un souhait d'amour
N° 5162 Cat. G
Un tour du destin, suivi de: Idylle romaine
N° 5163 Cat. G

1310

Achevé d'imprimer en Europe (Allemagne)
par Elsnerdruck à Berlin
le 3 janvier 2000.
Dépôt légal janvier 2000. ISBN 2-290-30013-6
1er dépôt légal dans la collection : avril 1982

Éditions J'ai lu
84, rue de Grenelle, 75007 Paris
Diffusion France et étranger : Flammarion